L'auteur

Cathy Cassidy a écrit son premier livre à l'âge de huit ou neuf ans, pour son petit frère, et elle ne s'est pas arrêtée depuis.

Elle a souvent entendu dire que le mieux, c'est d'écrire sur ce qu'on aime. Comme il n'y a pas grand-chose qu'elle aime plus que le chocolat... ce sujet lui a longtemps trotté dans la tête. Et, quand une amie lui a parlé de sa mère qui avait travaillé dans une fabrique de chocolat, l'idée de la série « Les Filles au chocolat » est née !

Cathy vit en Écosse avec sa famille. Elle a exercé beaucoup de métiers, mais celui d'écrivain est de loin son préféré, car c'est le seul qui lui donne une bonne excuse pour rêver !

Dans la même série
Les Filles au chocolat

Cœur vanille

Cathy Cassidy

Traduit de l'anglais par Anne Guitton

Loi n° 49-956 du 16 juillet 1949 sur les publications
destinées à la jeunesse : juin 2016.

Ce titre a été publié pour la première fois en 2014, en anglais,
par Puffin Books (The Penguin Group, London, England),
sous le titre *The Chocolate Box Girls – Sweet Honey*.

ISBN 978-2-266-26546-1

Chère Honey,

Quand tu liras ce message, tu seras sans doute en salle d'embarquement ou déjà dans l'avion pour l'Australie.

Il y a certaines choses que je n'ai pas pu te dire de vive voix, parce que j'avais peur de me mettre à pleurer ou qu'on se dispute. Alors voilà :

a/ Tu as beau être la grande sœur la plus insupportable du monde, tu vas me manquer.

b/ Même si tu ne pars pas pour toujours, je crois que tu fais une GROSSE erreur.

c/ C'était déjà assez dur d'avoir mon père à l'autre bout du monde ; je me serais bien passée de perdre une sœur.

d/ Ça ne sera plus pareil sans toi à la maison. Ce sera sûrement plus calme, mais je m'en fiche, je ne voulais pas que tu partes.

Bisous,

Coco, ta sœur préférée

Je souris, replie le papier et le glisse dans mon sac. Ma petite sœur va me manquer, elle aussi. Elle sait pourtant bien que je ne pouvais pas rester un jour de plus à Tanglewood. Je suis allée trop loin. Je le reconnais, forcer un ami à pirater le serveur informatique du lycée pour truquer mes notes n'était pas l'idée du siècle. Ça n'a pas marché, on m'a renvoyée, l'affaire est close.

Il était temps que je prenne le large, et pour une fois, papa s'est montré à la hauteur de la situation. Il m'a proposé un aller simple pour l'Australie, où je pourrais envisager un nouveau départ. Comment refuser ?

Le vol entre Londres et Sydney dure vingt-trois heures ; en classe économique, le temps passe très, très lentement. Quand l'hôtesse m'apporte mon plateau-repas, je lui demande une bière. Elle me jette un regard en coin et me tend un jus d'orange. Tout me semble fade. Nous faisons escale à Singapour pour le plein, mais comme on ne peut pas sortir de l'aéroport, il n'y a pas grand-chose à voir. De retour dans l'avion, les autres passagers inclinent leurs sièges en bâillant et se blottissent sous de minces couvertures, de drôles de masques sur les yeux. La lumière s'éteint. La dernière journée de mon ancienne vie est officiellement terminée.

Je suis trop excitée pour dormir. Bientôt, je serai en Australie, pays du soleil, du surf et de la belle vie ! Je sors mon carnet de croquis et me représente parmi les étoiles en robe d'été et sandales à talons, avec des ailes d'ange dans le dos.

Je branche mes écouteurs à l'écran incrusté dans le siège devant moi et regarde deux films d'affilée. Ensuite, j'allume la petite lampe au-dessus de ma tête et feuillette des magazines. Ce vol n'en finit pas. Je me lève pour aller aux toilettes et en profite pour marcher un peu entre les sièges afin de me dégourdir les jambes. Mais l'hôtesse de tout à l'heure me surveille d'un air agacé, alors je me rassieds et prends mon mal en patience.

Je finis par m'assoupir. Lorsque la lumière se rallume, le ciel est rose derrière les hublots. L'hôtesse me tend mon petit déjeuner, un sandwich sans goût enveloppé dans du film alimentaire. Je suis incapable d'avaler quoi que ce soit. Heureusement, on nous demande bientôt de boucler nos ceintures pour l'atterrissage. Enfin !

Quand je pose le pied sur la première marche de la passerelle, l'aube se lève sur Sydney, et j'ai l'impression que mon cœur va exploser de bonheur.

Papa m'attend dans le hall des arrivées, bronzé, souriant, très cool dans son costume en lin gris. On ne lui donnerait jamais quarante ans. Comme toujours, il récolte des regards admiratifs de la part des femmes. Mais lui n'a d'yeux que pour moi. Je me précipite vers lui aussi vite que le permet ma valise à roulettes. Il me fait tourner en riant.

— Comment va ma petite chérie ?

J'ai attendu si longtemps pour entendre ces mots…

— Petit déj ? me propose-t-il.

Il soulève mon énorme bagage sans effort apparent.

— Ces vols sont interminables, et leurs plateaux-repas vraiment infects. Allez ! On va te trouver de la nourriture digne de ce nom !

Effectivement, je n'ai quasiment rien mangé depuis des heures et je meurs de faim. Je le suis dans un restaurant de l'aéroport, très chic, avec des plantes en pot dans tous les coins. Il commande la même chose pour nous deux : café au lait, œufs pochés à la sauce hollandaise, jus d'orange frais, croissants et confiture.

— Alors, reprend-il lorsque la serveuse s'éloigne, nous y voilà. Bienvenue en Australie ! Raconte-moi un peu ce qui s'est passé.

J'essaie de prendre l'air détaché, mais j'ai conscience d'avoir dépassé les bornes. Par où commencer ? J'ai séché les cours, menti, passé mes nuits dehors avec un forain et ses copines pas très fréquentables. Ça a mis maman dans tous ses états. Kes (le forain) était plus vieux que moi et du genre à s'attirer des ennuis.

De fil en aiguille, j'ai complètement baissé les bras au lycée. Jusqu'à cette histoire de piratage informatique dont j'ai déjà parlé. Lorsque le pot aux roses a été découvert, je me suis retrouvée avec les services sociaux sur le dos, maman en larmes, mes sœurs qui criaient et cet idiot de Paddy qui me regardait avec des yeux de chien battu. Comme si c'était à cause de moi que notre famille partait en morceaux.

On croit rêver.

Mais en fin de compte j'ai obtenu ce que je voulais : une nouvelle vie, avec papa, en Australie.

D'après ce que j'ai lu, c'est un continent magnifique encore sauvage. C'est aussi l'endroit où, autrefois, les Anglais envoyaient les prisonniers dont ils voulaient se débarrasser.

J'y serai parfaitement à ma place.

— J'ai cru comprendre que tes relations avec ta mère étaient un peu tendues ? m'interroge papa, son café au lait à la main. Ah, la famille, c'est compliqué…

— Il y a longtemps qu'on n'en est plus une. Depuis ton départ, en fait.

Il éclate de rire, bien que ce soit la vérité. Je ne lui reproche rien – le problème, c'est ce qui s'est passé après.

Quand il nous a quittées, le monde s'est écroulé. Nous avons essayé de recoller les morceaux, mais c'était impossible. Lui seul aurait pu y arriver. Et avant qu'il ait eu le temps de changer d'avis, Paddy s'est pointé avec sa fille Cherry, qui s'est empressée de me voler mon petit copain. Tout était fichu. Lorsque mon père a accepté cette mutation en Australie, j'ai dû renoncer à mon rêve de le voir revenir parmi nous. Notre famille était brisée à tout jamais.

— La vie continue, déclare papa d'un ton léger. Je sais que je n'ai pas toujours été là pour toi. Ces dernières années ont dû être difficiles.

— Un peu.

Pourtant, j'ai fait des efforts. J'ai lancé des confettis au mariage, souri à mon beau-père à la table du petit déjeuner, résisté à l'envie de gifler cette sale menteuse de Cherry. Je me suis comportée comme si tout allait bien, en sachant que, tôt ou tard, je finirais par craquer.

Et puis, alors que je pensais avoir touché le fond, papa m'a lancé une bouée de sauvetage. Me voilà désormais exilée à l'autre bout de la planète, telle une bagnarde des temps modernes. Mes parents m'ont inscrite dans un lycée privé avant-gardiste. Nourriture saine, psychologues et cours de soutiens sont censés m'aider à rattraper mon retard et à réussir mes examens.

— Tu verras, ça ira mieux ici, continue papa. Je suis persuadé que tu sauras te reprendre en main. Pas vrai, ma fille ?

— Bien sûr !

Enfin, j'espère.

En tout cas, je suis heureuse d'être là. J'ai l'intention de tout faire pour que ça marche. Parfois, il est plus facile de tourner le dos aux problèmes que d'essayer de les résoudre. Ça ne veut pas dire que je n'aime pas ma mère et mes sœurs, au contraire. Mais je n'arrive pas à faire partie de leur famille recomposée.

Un nouveau départ… papa a toujours été doué pour ça. Pourvu que je tienne de lui.

— On est pareils, toi et moi, dit-il justement entre deux bouchées de croissant. J'étais un peu rebelle à ton âge. J'ai connu des hauts et des bas, j'ai changé plusieurs fois d'école avant de me calmer.

Je souris. J'ai toujours rêvé de lui ressembler : il est exubérant, charismatique, charmeur. Lorsqu'on a la chance d'attirer son attention, on a l'impression d'être la personne la plus importante au monde. C'est magique.

Toute mon enfance, j'ai éprouvé ce sentiment. J'étais sa préférée. Quand il est parti, Tanglewood est devenu gris, triste et désert.

Ici, ce sera différent.

Il me décrit la maison, la piscine, la plage juste à côté… Sydney est la plus belle ville qu'il connaisse, il va me la faire découvrir et, moi aussi, j'apprendrai à l'aimer.

J'ai failli passer à côté d'un détail qu'il a mentionné, l'air de rien. Nous ne serons pas que deux dans sa jolie villa ; il y aura Emma, sa copine. Mes oreilles bourdonnent, ma vue se brouille, je frissonne. Et je ne crois pas que ce soit lié au décalage horaire. Les mots de papa me parviennent de très loin :

— Emma est super. Tu vas l'adorer !

Une déception amère m'envahit. Après avoir été privée de mon père pendant des années, je n'ai pas envie de le partager.

Moi qui ai parcouru la moitié du globe pour échapper à un beau-père envahissant, voilà que je gagne une belle-mère.

C'était bien la peine.

De : fleurdecerisier@laboîtedechocolats.com
À : Honey

Salut Honey, j'espère que tu es bien arrivée. C'est bizarre comme la maison paraît vide sans toi. Ça a mal démarré entre nous deux, mais je te jure que je ne t'ai jamais voulu de mal. Peut-être que, si tu acceptais de nous laisser une chance, à mon père et à moi, tu finirais par changer d'avis à notre sujet ? Encore une fois, je suis sincèrement désolée de ce qui s'est passé avec Shay. J'espère qu'un jour, on pourra être amies.

Bisous,

Cherry

2

J'ai lu l'e-mail de Cherry sur mon smartphone pendant que papa payait à la caisse. J'éclate de rire. Elle et moi, amies ? Cette fille est vraiment à côté de la plaque.

Malgré tout, elle a sans doute raison sur un point : je ne leur ai laissé aucune chance, à son père et à elle. Mais je n'y peux rien si j'ai vu clair dans leur jeu. Sous ses airs de Willy Wonka, Paddy était un parasite bien décidé à voler ce qui m'appartenait. Et quand j'ai voulu mettre mes sœurs en garde, Cherry et lui les ont retournées contre moi.

Je ne commettrai pas la même erreur une deuxième fois.

Je ne suis pas enchantée à l'idée de devoir partager mon père, mais je compte réussir ma vie en Australie. Alors je vais jouer les ados gentilles et serviables pour séduire cette Emma, quoi qu'il m'en coûte.

Papa conduit une voiture de sport avec vitres teintées, enceintes haut de gamme et toit ouvrant. Quand il se gare devant la maison, Emma nous attend déjà sur le pas de la porte. Elle me serre dans ses bras et s'exclame qu'elle est ravie de me rencontrer. Plus jeune que maman, elle a un sourire éclatant, un bronzage et un brushing parfaits, des mains manucurées, des vêtements luxueux et des anneaux en or très élégants aux oreilles. Je la vois mal faire des gâteaux, passer la serpillière ou fabriquer des cartes de vœux à la table de la cuisine. Elle correspond nettement mieux que ma mère au style de vie branché de papa.

Elle a aussi un accent britannique, ce qui me surprend un peu. Se pourrait-il qu'ils se soient rencontrés en Angleterre ? Son prénom me dit quelque chose…

— Cette maison est sans doute très différente de ce à quoi tu es habituée, mais tu es ici chez toi. Nous sommes ravis de t'avoir avec nous. J'espère qu'on sera amies toutes les deux !

D'abord Cherry, maintenant Emma… décidément, c'est une manie. Je me force à sourire pendant qu'elle m'entraîne dans le jardin. Elle me montre quelques arbustes, un eucalyptus et un chèvrefeuille luxuriant suspendu à une treille. Nous passons dessous et je m'arrête net, le souffle coupé. Un long rectangle d'eau turquoise scintille devant moi : une piscine bordée de marbre gris, près de laquelle sont disposées deux chaises longues. Je meurs d'envie de plonger tout habillée, de lâcher prise, de sentir mes cheveux emmêlés par les heures d'avion flotter autour de moi.

— Ça te plaît ? me demande papa. Pas mal, hein ? Et la plage n'est qu'à quelques centaines de mètres. Elle n'est pas très fréquentée, mais il y a un café et une zone de baignade surveillée. On a fêté Noël là-bas l'année dernière… champagne et dinde froide sous le soleil !

— Génial !

J'ai du mal à imaginer la scène.

— Viens visiter l'intérieur, me lance Emma. Ensuite, on te laissera t'installer.

La maison est petite, mais j'aime beaucoup la décoration, minimaliste et aérée. Ma chambre n'a pas autant de cachet que celle de Tanglewood, perchée au sommet d'une tourelle, mais elle est lumineuse, et j'ai ma propre télévision, une bouilloire et un mini-frigo. On dirait un studio d'étudiante. Comble du luxe, il y a même une douche attenante ! À Tanglewood, seuls les clients du *bed and breakfast* avaient droit à ce privilège ; moi, je devais partager la minuscule salle de bains avec mes quatre sœurs envahissantes, ma mère et Paddy.

— Prends ton temps pour te rafraîchir, me conseille papa. Quand tu seras prête, on ira faire un tour dans Sydney.

Épuisée par le long vol, j'aurais plutôt envie de me rouler en boule dans mon lit et de dormir une semaine entière. Mais je prends sur moi.

— Pas de problème ! Super !

— Bravo, ma fille ! Il ne faut jamais céder aux effets du décalage horaire. Si on ne s'adapte pas tout de suite, l'horloge interne est complètement déréglée. J'ai pris deux jours de congé : autant en profiter au maximum !

Une heure plus tard, douchée et changée, je file cheveux au vent vers le centre-ville. Papa a ouvert le toit de la voiture pour laisser entrer le soleil. Il se gare près du gratte-ciel où se trouve son bureau, à deux pas des Jardins botaniques et de la baie.

— Je travaille ici, déclare-t-il. Au dixième étage. J'y passe une bonne partie de mon temps. Demande à Emma : elle ne me voit quasiment pas. Mais je trouverai toujours un moment pour ma fille chérie. On pourra déjeuner ensemble quand tu n'auras pas cours.

— Avec plaisir !

— Il faudra juste que tu prennes rendez-vous une semaine à l'avance, me conseille Emma. Ton père a des horaires de dingue !

— Hé, qu'est-ce que vous croyez, l'argent ne tombe pas du ciel ! Et puis n'exagère pas, Emma, je sais aussi lever le pied. La preuve, j'ai réussi à me libérer pour accueillir Honey !

— C'est vrai.

Je rosis de plaisir. Je me sens importante, désirée, aimée. Ça fait du bien.

— Je vais même résister à la tentation de monter voir comment ils s'en sortent sans moi. Alors, on la visite, cette ville ?

Sous un soleil éclatant, nous traversons les Jardins Botaniques Royaux, flânant entre les massifs de fleurs et les fontaines. Des cacatoès blancs piaillent au-dessus de nos têtes, et des chauves-souris sont suspendues aux arbres. J'ai l'impression que rien n'est réel, que je vais me réveiller d'une minute à l'autre à Tanglewood au milieu du chaos habituel. Mais non, je suis bien là, face au port qui s'étend devant moi, tel un cadeau.

Je m'arrête un instant pour me pincer et admirer la vue. Ensuite, nous descendons vers Circular Quay et approchons du célèbre opéra, dont le toit ressemble à de gigantesques ailes repliées. Je tends mon appareil photo à Emma afin qu'elle nous immortalise, mon père et moi. De vrais touristes ! Je photographie aussi des Aborigènes couverts de peintures et très peu vêtus, qui jouent du didjeridoo sur les quais. Puis le pont de Sydney Harbour, immense structure en acier sur laquelle de minuscules silhouettes font de l'escalade. Papa m'explique que c'est une des attractions incroyables que propose la ville. Ensuite, nous prenons un ferry, et je photographie l'eau tourbillonnante, le ciel bleu, les courbes douces de la côte. À Manly, je mitraille les filets à requins sur la plage, les tours de surveillance des maîtres-nageurs, les grandes avenues envahies d'écoliers en casquette et en short, le visage barbouillé de crème solaire. Des ados en rollers filent à toute vitesse sur la promenade, et plus loin, un jeune surfeur aux dreadlocks blondes se jette à l'eau, pagayant avec les mains vers le large pendant que des filles bronzées en bikini jouent au volley sur le sable.

Comme pour rajouter encore à la magie ambiante, des guirlandes lumineuses sont enroulées autour des arbres et un gigantesque sapin artificiel trône au milieu d'un centre commercial. Des chants de Noël s'échappent des boutiques. On est fin novembre, et malgré la chaleur tropicale, l'esprit des fêtes de fin d'année est déjà là.

De retour à Circular Quay, nous dînons dans un restaurant avec vue sur le port. Emma et moi commandons une salade composée et des frites, tandis que papa se jette sur un steak de kangourou. Je trouve ça un peu écœurant, mais je ne dis rien. Je pense à Coco. Heureusement qu'elle n'est pas là ! Elle qui est végétarienne et adore les animaux, elle aurait été choquée. Nous buvons des cocktails au vin blanc – oui, moi y compris. Papa trouve que je suis assez grande, et comme ils contiennent surtout de la limonade, ce n'est pas bien méchant. J'apprécie qu'Emma et lui me traitent en adulte. Avec maman, à tous les coups, j'aurais eu droit à un jus de fruit.

— Alors Honey, lance papa, Sydney te plaît ?
— Je l'adore déjà !

— Tant mieux… Mais il va aussi falloir faire des efforts. On te donne une dernière chance – à toi de te montrer à la hauteur.

Mon sourire se fige.

— Bien sûr, je réponds. Tu peux compter sur moi. Je vais changer, promis. Si j'ai un peu déraillé, c'est parce que j'étais perdue et malheureuse…

— Il est temps que tu grandisses. Et que tu tires les leçons de tes erreurs. Nous avons pris un risque en te faisant venir ici. Ne nous déçois pas.

— Ne t'inquiète pas !

S'il avait été présent ces deux dernières années, j'aurais été beaucoup mieux dans ma peau et surtout, je n'aurais pas osé désobéir. Maintenant, c'est du passé. Ma transformation en lycéenne australienne modèle s'apprête à commencer.

— Je te demanderai de respecter quelques règles : pas de garçons, pas de fêtes, pas de bêtises. D'accord ?

— D'accord.

Je ne m'attendais pas à ça, mais je compte faire mon maximum pour l'impressionner.

— J'y arriverai. En plus, le lycée que vous m'avez trouvé avec maman a l'air génial. Kember Grange, c'est ça ? Je vais avoir besoin d'aide pour tourner la page, et là-bas, je serai bien entourée.

Il fronce les sourcils.

— Oui, à ce sujet… il y a eu un petit changement de programme.

Emma secoue la tête, évitant mon regard.

— Tu ne lui as encore rien dit ? Greg, on était pourtant d'accord…

— Je ne voulais pas inquiéter Charlotte. Ça s'est fait à la dernière minute. Et puis il m'a semblé que tu voudrais venir ici quoi qu'il arrive, n'est-ce pas, Honey ?

Malgré la panique qui m'envahit, je tente de rester calme.

— Oui, oui. Alors… je ne vais pas aller à Kember Grange ?

— Ta mère était obsédée par cet endroit. D'après elle, il te fallait un soutien psychologique et un traitement en douceur. Je ne suis pas d'accord. Tu es intelligente, débrouillarde, futée. Je ne vois pas pourquoi tu aurais besoin de ces bêtises.

Parce que je suis perdue, murmure une petite voix dans ma tête. *Et que j'ai peur de ne pas m'en sortir seule.*

— Maman exagère toujours. Je vais très bien !

— Kember Grange ne pouvait pas t'accepter en cours de trimestre, m'explique Emma. Tu n'es peut-être pas au courant, mais ici, l'année scolaire se termine en décembre. Ensuite ce sont les vacances d'été. Ils auront peut-être de la place à la rentrée, mais…

— Mais il était hors de question que tu ne reprennes les cours que fin janvier, conclut papa. Tu as déjà pris assez de retard. Ce qu'il te faut, ce n'est pas un psy qui te demande toutes les cinq minutes comment tu te sens, mais de la discipline et des règles claires !

Je me mords les lèvres. De la discipline et des règles, il y en avait plus qu'assez dans mon ancien lycée, et ça ne m'a pas empêchée de partir à la dérive. Mais peut-être que la version australienne sera plus efficace ?

— Il y a un établissement public pour filles appelé Willowbank à dix minutes de la maison. Ils ont un excellent taux de réussite aux examens et sont d'accord pour te prendre. Pourquoi payer une fortune pour un lycée privé où on fait un tas de manières, alors que tu peux recevoir une éducation gratuite ?

— C'est vrai.

— Je n'en ai pas parlé à Charlotte parce que je me doutais que ça ferait des histoires. Elle aurait encore cru que c'était un problème d'argent.

— Si tu ne t'y sens pas bien, on t'inscrira à Kember Grange à la rentrée, me promet Emma.

— Je ne m'inquiète pas pour Honey. Elle est comme moi, elle aime les défis. D'accord, elle a voulu tester ses limites. Et après ? Tous les ados passent par là. Il n'y a pas de quoi en faire un fromage. Honey n'a pas besoin de psy. Ces trucs-là, c'est pour les faibles.

J'accuse le coup. Ma sœur Summer suit actuellement une thérapie pour surmonter ses troubles alimentaires. Avant mon départ, elle et moi avons eu une longue conversation à propos de l'importance de savoir demander de l'aide.

— Si j'y suis arrivée, tu en es capable aussi, m'a-t-elle assuré.

Summer n'est pas faible ; c'est la fille la plus courageuse que je connaisse. Papa ne m'a même pas demandé de ses nouvelles. Ni d'aucune de mes sœurs. Il craint peut-être que ça me rende triste d'en parler ?

Il a sûrement raison. Je m'en sortirai sans Kember Grange. Je redresse les épaules et déclare :

— Ça va aller. Un lycée, c'est un lycée.

— Exactement !

Tu vas me le payer. Oui, TOI, qui as filé à l'autre bout du monde. Coco est tellement triste qu'elle passe tout son temps dans le grand chêne à jouer de son horrible violon... Je vais devoir porter des boules Quies ! Et c'est ta faute. Reviens ! Tu nous MANQUES, Honey Tanberry ! Bisous. Summer.

3

Je me retourne dans mon lit, tends le bras et allume mon portable. 3 h 55. Je suis complètement décalée. Je lis le texto de Summer en souriant. De tous les points positifs liés à mon déménagement, ne plus avoir à écouter les grincements du violon de Coco vient en tête de liste.

J'ai les yeux secs à cause du manque de sommeil, mais dès que j'essaie de les fermer, ils se rouvrent. J'ai beau être épuisée, un million de pensées, de doutes et de questions bouillonnent dans ma tête. Je me sens aussi surexcitée que si j'avais bu un litre de Coca avant d'aller me coucher.

Je regarde à nouveau mon mobile : deux minutes à peine se sont écoulées.

En Angleterre, c'est la fin de l'après-midi. Mes sœurs doivent être à la table de la cuisine avec leurs devoirs et des tasses de chocolat chaud. J'imagine Coco dans son arbre, jouant des mélodies.

Soudain, j'ai une grosse boule dans la gorge. J'ai appelé maman hier depuis l'aéroport pour la prévenir que j'étais bien arrivée. Maintenant, je regrette de ne pas avoir pris plus de nouvelles de Tanglewood. Mon portable indique 4 h 05. Impossible de téléphoner à la maison à cette heure, je réveillerais papa et Emma. Fichu décalage horaire…

Je me glisse dans la cuisine pour me servir un verre de jus d'orange. La maison est étrange, silencieuse, encore inconnue. Pas de brouhaha familier, pas de chien me suivant partout dans l'espoir que je lui jette un bout de fromage ou un reste de saucisse. Papa et Emma ne sont pas du genre à s'encombrer d'un animal.

Une fois rentrée dans ma chambre, j'envoie un bref e-mail à maman et mets Summer, Skye et Coco en copie. Peut-être qu'à long terme, ce serait plus pratique de communiquer via ma page SpiderWeb ? Je pourrais y raconter ma vie à Sydney au jour le jour, images à l'appui.

Je ne l'ai pas utilisée depuis une éternité. Je me connecte sur le site et grimace devant mon portrait de profil aguicheur et les photos prises à la fête foraine. À cette époque, je croyais tenir à Kes, et je trouvais ses copines sympas. Malheureusement, ce n'était pas vraiment réciproque.

Kes ne m'a rappelée que deux fois après mon exclusion du lycée. La première, pour me demander si je comptais venir à la soirée d'un de ses copains. Bien entendu, j'ai répondu que non : j'étais punie à vie, sous l'étroite surveillance de mes sœurs, de mon beau-père et d'une équipe de travailleurs sociaux. La deuxième, pour m'annoncer qu'il préférait en rester là, que je serais mieux sans lui, et que de toute façon il avait rencontré quelqu'un d'autre.

Quant à sa bande de copines, après quelques messages pas très enthousiastes, elles n'ont pas tardé à couper les ponts avec moi. Tant pis pour elles.

Je prends une grande inspiration et supprime mon compte SpiderWeb. Voilà. Il n'existe plus.

En créer un nouveau revient un peu à me réinventer. Je me choisis un pseudo : CœurVanille, comme le chocolat crémeux inventé par Paddy pour mes quinze ans. Ce jour-là, j'y avais à peine touché avant de déclarer que je n'aimais pas. C'était faux : il était à tomber par terre. Mais je n'allais tout de même pas l'avouer à mon beau-père.

La douceur de ce nom me plaît. Me connaissant, c'est d'ailleurs assez ironique.

Je sélectionne une photo parmi celles prises quelques heures plus tôt. Je parais radieuse, souriante, en pleine forme – rien à voir avec le gros plan de mon précédent profil. Après avoir complété mes informations personnelles, j'envoie une invitation à Summer, Skye et Coco. J'hésite un moment à contacter mes ex-camarades et petits copains ; mais quitte à tourner la page, autant le faire pour de bon. Si des connaissances de mon ancienne vie décident de m'ajouter, très bien. Mais le plus important, c'est de pouvoir communiquer avec mes sœurs.

Avant, j'avais près de cinq cents amis sur Spider-Web. Où sont-ils aujourd'hui ? Et où étaient-ils à l'époque, maintenant que j'y pense ? J'ai toujours cru être une fille populaire. Pourtant, les mauvais élèves du lycée m'ont oubliée à la minute où je n'ai plus été disponible pour faire les quatre cents coups, et les bons ont cessé de me parler quand j'ai été renvoyée. Ils craignaient sans doute que mes mauvaises manières déteignent sur eux.

Au moins, grâce à cette nouvelle page, je saurai qui sont mes vrais amis. Il me faut un moment pour régler tous les paramètres sur mon smartphone, mais je finis par aboutir à un résultat satisfaisant. Je rédige un bref statut sur mon arrivée à Sydney, puis ajoute une photo de moi sur les marches de l'Opéra.

Ensuite, je me connecte sur la section « journal intime » du site. Mais avant que j'aie eu le temps d'écrire quoi que ce soit, mon téléphone sonne. Une image de Tanglewood apparaît à l'écran.

— Honey ?

C'est la voix de Coco. On dirait qu'elle est dans la pièce d'à-côté. Je souris dans la pénombre et chuchote en traversant la maison silencieuse :

— Attends une seconde, je vais dans le jardin. On est en pleine nuit ici. Je ne voudrais pas réveiller tout le monde.

— Comment ça, « tout le monde » ? Il y a qui, à part papa ?

Dehors, il fait déjà bon, mais les dalles de pierre sont encore fraîches sous mes pieds. Au-dessus des toits, l'aube commence à teinter le ciel d'une nuance rosée.

— Personne.

J'hésite. Est-ce une bonne idée de cacher la vérité à Coco ? Je risque d'avoir du mal à garder le secret très longtemps.

— Enfin si, sa copine. Emma.

— Emma ? Ce n'était pas le nom de sa secrétaire quand il vivait avec nous ?

— Je ne crois pas. Je ne sais plus.

— Il me semble que si. En tout cas, ça doit te faire bizarre.

— Non, ça va, elle est cool.

Décidément, je suis passée maître dans l'art de mentir.

— Alors, parle-moi de l'Australie. C'est génial ? Il fait chaud ? Tu as vu des kangourous ?

— Pas encore.

Je préfère ne pas mentionner celui qui se trouvait sous forme de steak dans l'assiette de papa.

— Sinon oui, c'est assez incroyable ici. Et oui, il fait chaud. Il est à peine cinq heures du matin… et je suis en short et débardeur dans le jardin.

— Qu'est-ce que tu fais debout à une heure pareille ?

— C'est toi qui m'as appelée ! Mais je ne dormais pas. Je ne suis pas encore remise du décalage horaire. Je te manque ?

— Horriblement. Tout est tellement calme sans toi. Plus de cris. Plus de porte qui claque. Personne pour squatter la salle de bains avant les cours et vider le ballon d'eau chaude !

— Ici, j'ai un cabinet de toilettes rien que pour moi. Et je n'ai pas encore crié, ni claqué la porte. Je ne suis plus la même.

Coco éclate de rire.

— Je n'y crois pas une seconde. Tu es un cas désespéré !

Je souris. Coco a raison : on ne change pas aussi facilement. Et puis je l'aimais bien, mon ancienne personnalité, courageuse, sauvage, emportée…

— Skye et Summer sont là ?

— Non, Summer est allée se promener avec Tommy. Skye est chez Millie, et maman et Paddy travaillent à l'atelier. Cherry est dans le coin, par contre… tu veux lui parler ?

— À ton avis ?

— Hum, non. Franchement, Honey, tu ne peux pas lui en vouloir éternellement.

— Oh, tu ne devrais pas me sous-estimer !

Je pensais la faire rire, mais un silence pesant s'abat entre nous. Soudain, je me sens très fatiguée.

— Tu viens de dire que tu n'étais plus la même, me rappelle finalement Coco.

— Arrête un peu ! Je ne suis pas devenue une sainte non plus. Tu ne peux pas me forcer à lui pardonner, pas après ce qu'elle m'a fait. On est vraiment obligées d'avoir cette conversation maintenant ?

— On l'aura quand, sinon ? Quand tu rentreras à la maison ? Et si ça n'arrivait jamais ?

— Bien sûr que si ! Et puis vous pourrez aussi venir me voir…

— Pas avant des années et des années. Tu vas oublier mon visage. Rater plein de choses. Quelle idée de partir vivre si loin de ses sœurs !

— Coco, je n'avais pas le choix…

— Si, murmure-t-elle d'une petite voix tremblante. Mais tu ne nous as pas choisies, nous. J'essaie de me réjouir pour toi, mais je n'y arrive pas. Je ne voulais pas que tu partes. C'est nul sans toi !

— Ne dis pas ça !

— Pourquoi ? C'est vrai. J'ai l'impression de revivre la même chose qu'avec papa…

Une immense tristesse m'envahit. Je me souviens comme nous étions perdues, blessées, après le départ de notre père. Nous nous demandions ce que nous avions fait de mal et comment le convaincre de revenir.

— Ça n'a rien à voir.

— C'est pareil. Tu me manques trop !

Si seulement je pouvais la serrer dans mes bras pour la consoler…

— Hé, je viens de me créer un nouveau profil SpiderWeb et de t'envoyer une invitation. On pourra chatter. Parles-en aux filles, d'accord ? Et arrête un peu de broyer du noir. Je compte sur toi pour soutenir les autres !

Je l'entends renifler au bout du fil. Je l'imagine s'essuyant le visage sur sa manche. Soudain, les larmes me montent aux yeux.

Ça doit être la fatigue.

— Il faut que j'y aille, je lance. Papa m'appelle…

— Je croyais qu'il dormait ?

Après avoir marmonné un bref « au revoir », je me dépêche de raccrocher en essayant de chasser les reproches de Coco de mon esprit. Car effectivement, si je suis à Sydney, loin de ma mère et de mes sœurs, c'est parce que je l'ai choisi.

Au-dessus des toits, le ciel est maintenant strié de bandes rose orangé. Renonçant à chercher le sommeil, je trempe un orteil dans la piscine. L'eau est encore fraîche, mais il en faudrait plus pour me décourager. Je tends les mains au-dessus de ma tête et je plonge dans le bassin turquoise.

J'enchaîne les longueurs jusqu'à ce que mon cerveau se débranche et que mon cœur devienne plus léger. Alors, je me laisse flotter sur le dos, les bras écartés. L'eau clapote contre ma peau pâle. Il fait presque jour à présent : on distingue à peine quelques traces de rose et de doré dans le bleu du ciel.

Je souris en imaginant un avenir rempli de soleil, de plongeons dans la piscine, de lunettes noires et de bikinis à pois. Là-bas, en Angleterre, l'automne va céder la place à l'hiver. Ici, l'été commence à peine. Peut-être qu'en changeant de fuseau horaire, j'ai réussi à remonter le temps et à effacer les erreurs des derniers mois ?

Notifications SpiderWeb
Vous êtes maintenant amie avec :
VintageGirl, SummerDance et CoolCoco.

4

Le dimanche après-midi, je me rends à Sunset Beach, la petite plage de surfeurs qui se trouve à deux pas de chez mon père. J'ai emporté un pique-nique, mon téléphone, des crayons et mon carnet de croquis, ainsi qu'un grand chapeau et des lunettes de soleil.

Je viens de passer deux jours complets avec papa et Emma. Ils m'ont emmenée voir un ballet contemporain à l'Opéra, randonner dans les Blue Mountains, rencontrer les voisins autour d'un barbecue improvisé, et faire un saut dans les magasins pour acheter l'horrible uniforme de mon nouveau lycée. Aujourd'hui, Emma devait aller voir une amie. Papa m'avait promis que nous passerions la journée ensemble, mais à la dernière minute, un client important a fait le trajet depuis Singapour pour discuter d'un gros contrat avec lui. Il n'a pas pu refuser.

Il rentrera très tard. Ça ne me dérange pas ; j'avais hâte d'être un peu seule pour explorer les environs. Je m'arrête au café de la plage, installé dans un petit bungalow avec terrasse. Un garçon d'environ mon âge se tient derrière le comptoir. Il est mince, sans doute d'origine indienne. Ses cheveux d'un noir de jais lui retombent sur les yeux, et il a un charmant sourire en coin. Il est plutôt pas mal, et il a l'air sympa et ouvert. Autrement dit, pas mon genre. Je préfère les *bad boy* ténébreux.

Je lui commande un smoothie aux fruits frais.

— Tu es anglaise ? me demande-t-il en mettant des fraises, des morceaux de banane, du lait et des glaçons dans son mixeur.

— Comment as-tu deviné ? je réponds en faisant mine d'être épatée. C'est à cause de mon teint de porcelaine ? Du plan de Sydney qui dépasse de mon sac ? Ou de ma tenue complètement à côté de la plaque ?

Il éclate de rire. Je suis effectivement la personne la plus pâle des environs, et la seule à porter une robe à fleurs et des sandales au lieu d'être en maillot de bain, short et débardeur. Et oui, j'ai aussi une carte de la ville.

— Tout ça m'avait mis la puce à l'oreille, mais c'est surtout ton accent qui t'a trahie. Joli chapeau, au fait. Tu tentes de rester incognito ?

— Peut-être…, je murmure d'un ton mystérieux en lui jetant un coup d'œil par-dessus mes lunettes.

De près, je m'aperçois qu'il a des pommettes hautes et des yeux couleur chocolat qui le propulsent directement de la catégorie « pas mal » à celle de « canon ». Je lui souris.

— Si ça se trouve, je suis une espionne britannique. Ou une star de ciné qui veut passer inaperçue, ou une critique gastronomique pour un grand journal…

— J'ai intérêt à ne pas rater ton smoothie, alors. Blague à part, tu es ici pour les vacances ?

— Pas vraiment. Je viens d'emménager.

— Cool. Sydney est une ville super. Je te proposerais volontiers de te la faire visiter, mais entre le lycée, ma famille et ce job, je n'ai pas beaucoup de temps libre. Tu es inscrite où ?

— Je commence les cours à Willowbank lundi. C'est réservé aux filles et plutôt sévère, d'après mon père.

Il met un morceau de mangue sur le bord de mon verre avant d'ajouter une paille. Je compte mes pièces en essayant de m'y retrouver avec la monnaie australienne. Derrière moi, une queue commence à se former.

— Ça va bien se passer, me promet-il. Tu t'appelles comment, au fait ?

— Honey.

— Original, comme prénom ! Au moins, je ne risque pas de l'oublier, déclare-t-il avant de se tourner vers le client suivant.

Je suis déjà arrivée à la porte quand il lance dans mon dos :

— Moi, c'est Ash, au cas où ça t'intéresse !

— Justement, je me demandais… Mais je n'ai pas osé te poser la question !

Je m'installe sur la terrasse, sous un parasol légèrement incliné. Je pose mon smoothie et mes affaires de dessin sur la table. Sunset Beach, un croissant de sable doré bordé d'une eau argentée, est le lieu rêvé où trouver l'inspiration. Entre les gens qui pique-niquent, des enfants construisent des châteaux de sable, jouent au foot et courent se jeter dans les vagues.

J'adore dessiner, et je ne tarde pas à perdre la notion du temps. Je croque un groupe de filles qui étalent de la crème sur leurs longues jambes bronzées et se retournent à intervalles réguliers, comme des brochettes sur un barbecue. Puis le serveur, avec sa longue mèche et son plateau ; puis une dame en posture de yoga sur le sable. Une bande d'adolescents se précipitent dans l'eau en criant, planche de surf sous le bras. Je m'attarde sur leurs épaules larges, leurs cheveux courts et leurs grands sourires.

Tout à coup, un ballon atterrit sur ma table et fait tomber mon carnet. À côté de moi, un garçon proteste :

— Ho !

Il se penche pour le ramasser, prenant soin d'épousseter le sable avant de me le rendre.

— Tiens… Ce n'est pas passé loin ! s'exclame-t-il.

— Merci, c'est gentil.

Il est plus vieux que moi, blond, musclé, le teint mat, la peau encore humide, avec de grands yeux clairs. Enfin, je crois – je n'ai pas fait attention.

Du bout du pied, il renvoie la balle vers la plage. Les enfants la récupèrent et s'éloignent en riant.

Deux ou trois surfeurs observent la scène.

— Alors, Riley ! lancent-ils. Encore en train de draguer les filles ? Tu pourrais partager !

— Ignore-les. Ils sont jaloux. Tu es anglaise ?

— Oui… je viens de m'installer ici avec mon père.

Je pourrais me perdre dans son regard bleu. Et je vois à son air que je lui plais aussi. Il est beau, cool, il fait du surf… on dirait un peu le cousin australien de mon ex, Shay. Ça commence plutôt bien.

Des cris montent de la plage. Une demi-douzaine de jeunes nous rejoignent en courant, planche de surf sous le bras. Ils nous entourent et nous éclaboussent comme une meute de jeunes chiens excités.

— Riley ! Allez, viens, on va être en retard… fiche-lui la paix !

— On a rendez-vous chez Danny à 18 heures pour la fête !

— Du calme, répond Riley. Je vous présente… euh… comment tu t'appelles, au fait ?

— Honey.

— Honey ? Ça ne m'étonne pas, tu as l'air douce comme le miel, dit-il en souriant.

Si tu savais… À moins qu'il soit capable d'apaiser la rebelle qui sommeille en moi ?

— Honey vient d'arriver d'Angleterre. On devrait l'inviter à la fête, lui montrer combien les Australiens sont accueillants !

— Pourquoi pas ? lance un autre. Les jolies filles sont toujours les bienvenues !

— Anglaise ? répète un troisième. Cool. Tu es en échange universitaire ? Laisse tomber Riley… je suis beaucoup plus beau que lui !

Les battements de mon cœur s'accélèrent. Je suis experte à ce petit jeu : quelques garçons séduisants, une dose de flirt… Le problème, c'est que j'ai passé un marché avec mon père. Pas de garçons, pas de fêtes, pas de bêtises. Je ne vais tout de même pas rompre ma promesse au bout de quelques jours.

Papa et Emma ne rentreront que tard dans la soirée… je pourrais passer une ou deux heures à la fête sans qu'ils s'en aperçoivent. J'hésite, mais la nouvelle moi trouve que ce n'est pas une bonne idée.

— Merci, je réponds finalement. Ça a l'air sympa, mais… je ne peux pas. Désolée !

Les surfeurs éclatent de rire et font mine d'avoir le cœur brisé. Cinq minutes plus tard, ils repartent vers la plage. Je suis déjà oubliée.

Déçue, je sors mon téléphone et ouvre ma page SpiderWeb. Coco a posté un message sur mon mur :

Salut, grande sœur ! N'oublie pas de te connecter sur Skype ce soir... je sais que tu commences les cours demain, et même si c'est un lycée cool où tu vas appeler les profs par leur prénom, je voulais te souhaiter bonne chance. Rendez-vous à 21 h (heure de chez toi), d'accord ? Ta sœur qui t'adore, Coco.

Je m'apprête à répondre quand une ombre me cache le soleil. C'est Riley. Il passe la main dans ses cheveux.

— La fête de ce soir va être un peu nulle – tu ne rates pas grand-chose. Mais on pourrait peut-être se revoir un de ces quatre ?

— Pourquoi pas…

Son visage s'illumine. Il y a une sorte d'attraction magnétique entre nous, invisible mais puissante. Quand j'étais en primaire, on a fait une expérience, un jour, avec un gros aimant et de la limaille de fer. Je me rappelle avoir été émerveillée ; c'était magique. Un peu comme ce moment.

On ne peut pas lutter contre ça. Et puis papa n'a pas besoin d'être au courant.

— Riley ! appellent ses copains depuis les dunes. Elle n'est pas intéressée. Viens !

Riley baisse les yeux vers mon téléphone.

— Oh, tu es sur SpiderWeb ? Cool. C'est quoi, ton pseudo ?

— CœurVanille.

Soudain, Ash, le serveur, surgit de nulle part avec son plateau.

— Ça va ? me demande-t-il en récupérant mon verre.

— Oui, super !

Il met une éternité à essuyer la table.

Riley grogne :

— Un problème, mec ?

— Non, aucun. Je fais juste mon boulot.

Riley se retourne vers moi.

— Tu es étudiante en art ? J'habite à côté de la fac, on se croisera peut-être sur le campus. On pourrait aller boire un café.

Il me prend pour une fille plus âgée ! Je rêve d'accepter son invitation, mais j'ai un peu honte de lui mentir devant le serveur à qui je viens de parler de Willowbank.

— Je ne suis pas à la fac. J'ai quinze ans. Je vais encore au lycée.

Le courant magnétique s'éteint brusquement. Riley ne s'intéresse pas aux gamines. Ça peut se comprendre.

— Bon, faut que j'y aille, conclut-il d'une voix gênée. À plus…

Après son départ, je confie à Ash :

— J'aurais mieux fait de me taire…

— Tant pis pour lui, répond-il en haussant les épaules.

Je lève la main pour dire au revoir à Riley, mais il a déjà tourné le dos.

De : vintagegirl@laboîtedechocolats.com
À : Honey

Salut, grande sœur… c'était chouette de te parler sur Skype tout à l'heure. On avait besoin de se remonter le moral… c'est trop bizarre ici sans toi. Hier soir, je suis passée devant ta chambre et ta porte était ouverte. Maman était blottie sur le rebord de la fenêtre, les bras autour des genoux. Je crois qu'elle avait pleuré. Je ne te dis pas ça pour que tu culpabilises, juste pour que tu saches que tu nous manques. Bonne chance pour ta rentrée. Passe le bonjour à papa (enfin, s'il se rappelle qui je suis).

Bisous,

Skye

5

À la minute où je franchis la porte du lycée de Willowbank, j'ai un mauvais pressentiment. Le hall est rempli d'élèves vêtues de robes bleues identiques. Elles me dévisagent avec curiosité, comme j'ai pu le faire quand j'ai observé les perruches au parc ou les surfeurs sur la plage. J'ai l'impression d'être une créature exotique.

En règle générale, ça ne me dérange pas d'attirer l'attention. C'est même ma marque de fabrique. Mais à Willowbank, je sens que l'exotisme n'est pas forcément bien vu.

Ce matin, lorsque j'ai enfilé mon uniforme pour la première fois, j'ai failli fondre en larmes. Horrifiée, j'ai contemplé l'espèce de sac à patates en polyester que j'allais devoir porter. Pour compléter la tenue, il y avait un foulard jaune, des chaussettes montantes et d'affreuses sandales marron. Heureusement, j'ai toujours su improviser dans ce genre de situations. J'ai attrapé les ciseaux de cuisine et raccourci le bas de la robe de sept ou huit centimètres, puis j'ai ajouté une ceinture et noué le foulard dans mes cheveux.

Ce n'était toujours pas terrible, mais déjà mieux. En tout cas, Emma est restée bouche bée en me voyant.

— Tu sais, ils sont assez stricts sur le port de l'uniforme, à Willowbank…, m'a-t-elle signalé.

Je lui ai répondu qu'il n'y aurait pas de problème, puisque j'avais conservé tous les éléments.

Je me trompais lourdement.

Le brouhaha s'éteint brusquement, et j'entends un cliquetis de talons approcher dans le couloir. Une petite femme ronde fend la foule. Elle porte un chemisier en crêpe et une jupe droite, une coiffure bouffante figée par la laque et d'immenses lunettes papillon. On dirait une poule renfrognée.

— Je suis Mrs Bird, la proviseur.

Je réprime un sourire. « Bird » ? Comme un oiseau ? C'est une blague !

— Vous devez être la nouvelle qui vient d'Angleterre. Honey Tanberry, je crois ?

— Oui, Mrs Bird.

Elle me jauge du regard, comme si j'avais un panneau « Attention, danger » sur le front. En même temps, c'est presque ça…

— Dans mon bureau. Tout de suite.

Tandis que la sonnerie retentit, elle me fait entrer dans une pièce sombre aux murs couverts de lambris. La décoration se résume à des trophées dans des vitrines et des portraits sévères d'anciennes directrices.

— Alors, pour commencer, sachez qu'à Willowbank, nous ne tolérons pas la moindre altération de l'uniforme. Vous êtes donc priée de remonter vos chaussettes et de nouer votre foulard autour de votre cou. Quand à cet ourlet, merci de le ramener à sa longueur d'origine.

— Je ne peux pas.

Je tire sur le tissu, hésitant entre feindre l'ignorance ou jouer la carte de l'honnêteté. Le choix est difficile. Admettre que j'ai découpé ma tenue dès le premier jour n'est sans doute pas très recommandé.

— Il n'y a pas d'ourlet, je lui explique. Je ne sais pas pourquoi – la robe était comme ça quand je l'ai achetée. C'est peut-être un défaut ?

— Oui, à moins que quelqu'un s'y soit attaqué avec une paire de ciseaux.

— Quelle drôle d'idée !

Mrs Bird prend un air pincé.

— N'essayez pas d'être plus maligne que moi, Honey. J'en ai vu d'autres. Je vais être très franche : votre père a énormément insisté pour que nous acceptions de vous accueillir, alors que l'année est presque terminée. Il m'a laissé entendre que vous étiez une jeune fille brillante, douée et pleine d'ambition. Je dois reconnaître que je suis déçue.

Je n'en crois pas mes oreilles. Mon père y est allé un peu fort. Malgré toutes mes bonnes résolutions, je ne sais pas si je serai à la hauteur du portrait élogieux qu'il a brossé de moi. D'un autre côté, il est hors de question que je me laisse marcher sur les pieds par une poule à lunettes. Je vais prouver à ce lycée que je mérite ma chance, et laisser mon passé mouvementé derrière moi.

— Désolée, Mrs Bird. Ça ne se reproduira pas. Je vais faire de mon mieux pour réussir, promis.

— J'y compte bien. Maintenant, remontez vos chaussettes et recoiffez-vous. Demain, vous avez intérêt à être habillée correctement. Votre père m'a demandé de l'avertir à la moindre difficulté, et croyez-moi, je n'hésiterai pas. Notre établissement est fier d'inculquer à ses élèves les bonnes manières, l'élégance et le désir d'excellence dans tous les domaines.

— Super, je marmonne en dénouant mon foulard.

— Notre programme est assez différent de celui que vous suiviez en Angleterre. Votre père a fait une demande de transfert de dossier, mais comme votre ancien lycée nous l'envoie par la poste, cela va prendre un peu de temps. Il est même possible que nous ne l'ayons pas avant l'année prochaine. D'ici là, j'aimerais que vous travailliez d'arrache-pied pour rattraper votre retard. Je veux voir la jeune fille déterminée que votre père m'a décrite. Compris ?

— Oui, Mrs Bird.

Elle plisse les yeux.

— Êtes-vous maquillée ?

— Non, Mrs Bird.

Le crayon et le gloss, ça ne compte pas vraiment, si ?

— Je vous ai à l'œil, Honey Tanberry. Ne l'oubliez pas. Allez, filez. Vous avez cours de mathématiques en salle 66 avec Mr Piper.

Je traîne les pieds dans le couloir, découragée. Où est passée l'école privée avant-gardiste que l'on m'avait promise ? Là-bas, j'aurais peut-être eu une chance d'y arriver. À la place, me voilà de nouveau plongée dans l'enfer du lycée, sous la surveillance d'une poule enragée, sans même un garçon dans les parages pour me changer les idées. Génial.

Avant d'entrer en salle 66, je prends soin de baisser mes chaussettes. Pas par défi — c'est juste une question de fierté. Je refuse de perdre la face devant les autres.

Le professeur m'indique une place libre au fond. Tête haute, je traverse la pièce et m'assieds à côté d'une fille aux lunettes carrées, aux cheveux auburn et aux joues couvertes de taches de rousseur. Elle me sourit poliment avant de se replonger dans son devoir.

Quelques minutes plus tard, mon cerveau se liqué-fie. Les maths n'ont jamais été mon fort. En fait, à part pour désobéir et me faire remarquer, je ne suis pas douée pour grand-chose.

— Je suppose que vous avez commencé à étudier les équations en Angleterre ? m'interroge Mr Piper. Je n'ai pas besoin de vous expliquer ?

Je bluffe :

— Non, non. Ça va aller…

— Si vous n'avez pas le temps de tout faire, vous n'aurez qu'à terminer chez vous.

— D'accord.

Je recopie la première question. On ne dirait même pas un problème de maths – plutôt un code mystérieux auquel je ne comprends rien.

Je regarde autour de moi. Mes camarades sont penchées sur leur cahier et griffonnent avec application. Ma voisine en est déjà à la question cinq. Je ne sais même pas par où commencer. J'ai toujours été dans les dernières de la classe en maths. Quand mon copain Anthony m'a proposé de me donner des cours, j'ai sauté sur l'occasion. Mais il n'expliquait pas très bien, et je me suis vite lassée. J'avais toujours mieux à faire que réviser. Anthony n'insistait pas ; il était dingue de moi, je le menais par le bout du nez.

Évidemment, ça s'est mal terminé. C'est lui qui a piraté le système informatique du lycée pour modifier mon bulletin. On a été exclus tous les deux. Je ne suis pas fière de l'avoir entraîné dans ma chute. Même si le piratage était son idée, sans moi il n'en serait jamais arrivé là.

Enfin, c'est de l'histoire ancienne. Pour en revenir aux équations, si Anthony m'en a parlé, je ne devais pas écouter. Dans la marge de mon cahier, je dessine une poule en colère avec une touffe de cheveux ébouriffés. Ma voisine se met à rire.

— Énorme ! souffle-t-elle. C'est Birdie, non ?

— Oui… je trouve qu'elle a un côté vieille poule autoritaire.

— C'est clair ! Côt, côt, côt, côt…

— Codec !

Mr Piper lève brusquement la tête, alerté par son radar à élèves dissipées.

— Miss Wood ? Miss Tanberry ? Un souci ?

— Non, monsieur, répondons-nous en chœur.

Je reprends mes gribouillages, le sourire aux lèvres.

Après le cours, Tara, ma voisine, me présente à sa copine Bénédicte, une petite ronde à la peau café au lait. Une cascade de petites nattes lui retombent sur le visage, et elle a un rire contagieux. Je sens qu'on va bien s'entendre.

— Appelle-moi Bennie, comme tout le monde.

— D'accord. Dites-moi, les filles, personne ne touche jamais à son uniforme, ici ?

— Pas tellement, reconnaît Tara. La plupart des lycées ont des règles très strictes à ce sujet. D'après Birdie, ça nous permet de nous détacher des apparences et d'être vraiment nous-mêmes.

— Et si, pour être moi-même, j'avais besoin de porter mon foulard dans mes cheveux ?

Bennie sourit de toutes ses dents.

— Oh, toi, je t'aime déjà !

— Attention, je pourrais avoir une mauvaise influence sur vous !

— Justement, c'est ça qui est chouette ! déclare Tara.

— À vrai dire, je voudrais éviter de trop me faire remarquer. Ce n'est pas le meilleur moment pour changer de lycée, et j'ai envie que ça marche. Chez moi, je n'ai jamais été une bonne élève ; j'ai l'occasion de repartir du bon pied. Même si je suis un peu larguée… tout à l'heure, en maths, je n'ai rien compris !

— Les maths, c'est facile, m'assure Bennie. Il suffit de s'entraîner.

— Je vais faire un effort, alors.

— On peut t'aider, si tu veux, me propose Tara. Pas seulement en maths. Le temps que tu t'habitues à Sydney, à Willowbank…

Je regarde Tara et Bennie. Ces deux adorables Australiennes sont prêtes à devenir mes amies. Le problème, c'est qu'elles sont sans doute trop adorables pour moi. Dès qu'elles comprendront qui je suis réellement, elles fuiront. À moins que je ne parvienne à les abaisser à mon niveau.

Leur visage est ouvert, chaleureux, confiant. Le mien l'était aussi autrefois, avant que j'enfouisse mon innocence sous de l'agressivité. Parfois, je regrette de ne pas pouvoir revenir en arrière. Et parfois, j'ai envie de donner un coup de pied dans la fourmilière, juste pour le plaisir d'observer les conséquences.

Eh oui, je suis compliquée…

— Ce serait génial ! je réponds. Merci, les filles !

Notifications SpiderWeb
Vous avez reçu des invitations de la part de :
Fleurdecerisier ; TommyAnderson ; LondonFinn ; Millie4ever ; TinaH ; BennieJ ; Tarastar ; Surfie16.

Accepter / Refuser

6

Assise au pied du chèvrefeuille, mes cahiers étalés autour de moi, j'essaie de donner l'impression que je travaille. J'ai des devoirs dans quatre matières différentes. Visiblement, les élèves de Willowbank ne sont pas autorisées à avoir une vie en dehors des cours.

Je viens d'échanger quelques mots au téléphone avec ma mère. J'ai passé sous silence le fait que je ne suis pas dans le lycée prévu. Elle ne se doute de rien, et je préfère lui mentir que la voir s'en prendre à papa parce qu'il ne l'a pas mise au courant. Elle s'inquiète toujours pour rien. Et puis, je ne voudrais surtout pas qu'elle mette un terme à ma grande aventure australienne avant même qu'elle ait commencé.

Emma m'apporte un verre de jus d'orange. Elle m'annonce que nous dînerons vers 19 heures. Papa passera chez le traiteur chinois en rentrant, pour fêter ma première journée à Willowbank.

— C'est ce que tu préfères, n'est-ce pas ? Il s'en est souvenu !

— Vraiment ? Super…

Lorsque nous étions encore une vraie famille, papa rapportait parfois des plats chinois pour le dîner. Mais comme il devait aller jusqu'à Minehead, c'était rare. Je trouvais ça très sophistiqué. Mes petites sœurs ne raffolaient pas de cette cuisine et ne mangeaient que du riz blanc. En général, maman finissait par leur préparer des sandwichs.

Mais moi, je voulais avoir l'air adulte, alors je me forçais à goûter tous les plats. Même les pousses de soja gluantes ou les légumes bizarres trempés dans une sauce aigre-douce. « Ah, ça, c'est ma fille ! » disait papa. Et je vidais mon assiette pour lui faire plaisir.

Après son départ, nous n'avons plus jamais mangé chinois.

— Je suis heureuse que ta rentrée se soit bien passée, ajoute Emma. Regarde-toi, déjà plongée dans tes révisions ! Greg sera fier de toi.

— Tu sais résoudre des équations, Emma ?

Elle fronce les sourcils.

— Comment ça ?

— Non, rien, je demanderai à papa tout à l'heure.

Une fois seule, j'effleure l'écran de mon smartphone et jette un œil à mon profil SpiderWeb. Mes sœurs y ont posté plein de messages d'encouragements, et plusieurs personnes m'ont envoyé des invitations.

Celle de Cherry m'agace. Si je ne lui en avais pas adressé, ce n'était pas par hasard. Mais si je refuse de l'accepter comme amie, Skye, Summer et Coco vont mal le prendre.

Je clique donc sur « Accepter toutes les demandes d'ajout ». Il y a Millie et Tina, les copines de mes sœurs ; Tommy, l'insupportable amoureux de Summer ; Finn, celui que Skye a rencontré l'été dernier ; et à ma grand joie, Tara et Bennie.

Pour finir, je prête attention au dernier pseudo : Surfie16. Je n'avais aucun ami de ce nom sur mon ancien profil. Et si c'était Shay ? Il n'avait pas de compte perso quand je lui ai créé une page « Musique » il y a quelque temps. Mais qui sait, il a peut-être attrapé le virus ?

Dès que je vais sur la page de Surfie16, je comprends que ce n'est pas Shay. La photo de profil est un gros plan sur des pieds bronzés à côté d'une planche de surf ; et l'image de couverture, une vue de l'océan bleu turquoise sous un coucher de soleil doré.

Les battements de mon cœur s'accélèrent. Ces clichés ont forcément été pris en Australie. Je repense à Riley – un autre garçon, une autre plage, un autre espoir de romance aussitôt retombé. À moins que…

Il s'est donc souvenu de mon pseudo. Je parcours sa page en quête d'indices, mais elle est protégée. Je ne peux pas accéder à sa liste d'amis, seulement lire quelques liens vers des clips de rock sur YouTube ou de brefs statuts en rapport avec le surf. Mais c'est forcément lui !

Je lui envoie un message privé :

Salut Riley! C'est toi? Contente d'avoir de tes nouvelles!
À plus.

Quelques minutes plus tard, ma boîte de réception clignote.

Salut ma belle! Quoi de neuf?

Finalement, il a dû changer d'avis sur la différence d'âge. Je n'ai pas rêvé, il y avait donc de l'attirance entre nous.

Aujourd'hui, j'ai fait ma rentrée au lycée de Sydney. Je vais avoir du mal à m'y habituer! Et ta fête, c'était sympa?

Sa réponse ne se fait pas attendre.

Pas mal, même si j'aurais aimé que tu sois là. Une autre fois, peut-être?

Pourquoi pas? Et qui sait, on se croisera peut-être à la plage.

Dix minutes interminables s'écoulent ensuite. À mon grand soulagement, un nouveau message, bref mais gentil, finit par arriver.

Bien sûr. Il faut que je file. À bientôt.

Je suis un peu déçue. Enfin, ce qui compte, c'est que Riley m'ait contactée. C'est déjà super! J'ai promis à mon père d'être sage, mais ça ne m'empêche pas d'être *amie* avec des garçons sur SpiderWeb, si ? D'autant qu'une relation virtuelle ne risque pas d'aller très loin. Et un petit flirt de temps en temps n'a jamais fait de mal à personne. Ce n'est pas parce qu'on tourne la page qu'on doit entrer au couvent.

Je retourne à mes devoirs, le sourire aux lèvres, résolue à prouver à mes professeurs que je peux être une élève brillante. Quand je m'en donne la peine, je sais être charmante, alors autant les mettre de mon côté dès le début.

Papa arrive avec le dîner. Je n'ai pas eu trop de difficultés avec mes exercices de sciences, et j'ai utilisé un site Internet pour ma traduction en espagnol. Le résultat est un peu bizarre, mais ça devrait passer. De toute façon, je ne peux pas faire mieux : il y a belle lurette que j'ai renoncé à apprendre une langue étrangère. Il ne me reste plus qu'à lire deux chapitres de *La Ferme des animaux* pour demain. Au moins, si j'ai encore une insomnie, ça me fera de l'occupation. La seule matière où je bloque vraiment, ce sont les maths.

Le temps que je rassemble mes affaires, papa apparaît à la porte du jardin, les manches remontées et la cravate défaite.

— Tu vas bien ? Beaucoup de devoirs ? Parfait !

— Je m'attendais à pire. Mais j'ai un peu de mal en maths, avec les équations. Tu pourras m'aider ?

— Avec plaisir. Je n'en ai pas résolu depuis un moment, mais je me souviens du principe. On y jettera un œil après manger… En attendant, ne laissons pas refroidir le repas, ce serait du gâchis !

Je pose mes cahiers sur un transat et le suis vers la terrasse. Emma a mis une nappe et un bouquet de fleurs sur la table. Elle débouche une bouteille de vin pendant que papa apporte la nourriture.

— Alors, comment ça s'est passé à Willowbank ? me demande-t-il en me tendant une assiette pleine. Les premières impressions comptent beaucoup, tu sais. Il faut savoir sortir du lot.

— Je crois que j'ai réussi.

Je repense à mon entretien avec Mrs Bird. Certes, je me suis fait remarquer, mais pas forcément de manière positive. Où avais-je la tête ?

— Bravo, je suis fier de toi, ma fille, me félicite papa.

— Mrs Bird n'a pas l'air au courant des raisons de mon départ. Mon exclusion, et le reste…

Il éclate de rire.

— Je n'allais quand même pas m'en vanter ! Ils n'ont pas besoin de connaître les détails embarrassants. Si tu veux repartir de zéro, il faut faire table rase du passé.

— C'est mon intention. Mais quand Mrs Bird recevra mon dossier, elle ne va pas apprécier.

— Aucun risque. Je n'ai jamais contacté ton ancien lycée. Je ne suis pas fou ! Avec un peu de chance, cette vieille sorcière finira par oublier. Et si elle t'interroge à ce sujet, réponds-lui que le courrier a dû se perdre.

Je n'en crois pas mes oreilles : c'est exactement le genre de mensonge que j'aurais pu inventer. Au moins, je sais d'où je tiens ce talent. Même si chez un homme de son âge c'est un peu inquiétant…

Emma allume la chaîne hi-fi. Dans la lumière douce qui provient de la salle à manger, papa nous parle du contrat juteux qu'il vient de décrocher. Emma lui ressert du vin en le couvrant de compliments. Elle en fait trop, mais ça n'a pas l'air de le déranger. Quand ils commencent à se caresser la main, je comprends que je vais bientôt devoir m'éclipser. Franchement, je ne comprends pas que les adultes se comportent de cette façon. Ils feraient mieux de se concentrer sur des passe-temps de leur âge, comme le golf ou le jardinage. Quoi qu'il en soit, le moment me paraît malvenu pour ressortir mon cahier de maths.

J'emporte les barquettes en aluminium, les assiettes et les couverts dans la cuisine, où je remplis le lave-vaisselle. À la maison, je n'aidais jamais. Mais ici, je tiens à prouver ma bonne volonté.

Le téléphone fixe sonne. Je décroche :

— Allô, qui est à l'appareil ?

Silence. Pendant quelques secondes, je me dis que c'est peut-être ma mère ou une de mes sœurs. Il me semble entendre une respiration.

— Allô ? je répète.

La ligne se met à sonner occupé. Quand je tape le code permettant de connaître l'identité du dernier appelant, j'obtiens la réponse « numéro inconnu ».

— Honey, tu veux bien apporter la salade de fruits, s'il te plaît ? Elle est dans le frigo, lance Emma depuis le jardin.

Je raccroche le combiné en haussant les épaules.

— Quelqu'un a téléphoné, j'annonce en posant le saladier sur la table. Mais quand j'ai décroché, il n'y avait personne au bout du fil.

— Sans doute un démarcheur, soupire papa en buvant une gorgée de vin.

— C'est possible… intervient Emma. À moins que certaines personnes trouvent ça normal de déranger une famille en plein repas et de raccrocher sans rien dire.

Sa réaction me paraît excessive. Elle a peut-être eu une journée difficile au bureau ?

— Emma, je te dis que c'était un appel automatique. Pas de quoi en faire un plat.

— Si tu le dis.

Je me désintéresse de leur débat stérile et repense en souriant aux messages de Surfie16. Pour l'instant, l'Australie s'annonce prometteuse. Je vais chercher *La Ferme des animaux* et commence à lire, enveloppée par la nuit tiède.

De : charlotte@laboîtedechocolats.com
À : Honey

Rebonjour, ma puce…

Ça m'a fait plaisir de te parler tout à l'heure, même si on n'a échangé que quelques mots. Je suis ravie que ta première journée au lycée se soit bien passée. D'un autre côté, je ne peux pas m'empêcher de compter les jours en attendant ton retour. La grosse commande de chocolats est enfin terminée. Comme Stevie et sa mère partent demain, on leur organise un petit dîner d'adieu ce soir. Il doit déjà être très tard chez toi, mais je voulais juste te dire que je pense à toi.

Je t'embrasse fort,

Maman

7

Combien de temps faut-il pour se remettre du décalage horaire ? À mon avis, ça devrait déjà être réglé. Pourtant, je suis à Sydney depuis dix jours et je continue à me réveiller à 4 heures tous les matins. Je suis en train de me transformer en oiseau de nuit.

Au lieu de contempler le plafond, je me connecte à SpiderWeb sur mon smartphone. Coco a posté sur mon mur une photo de Coconut, le poney dont elle s'occupe. Je clique sur « J'aime » et commente :

Trop chou !

Bizarrement, c'est plus facile d'être gentille avec mes sœurs maintenant que des milliers de kilomètres nous séparent.

Un message de Coco apparaît presque aussitôt.

Coucou, grande sœur ! Maman dit que tu dois dormir à cette heure. Dommage, j'aurais bien aimé te parler...

Je souris et réponds :

Non, je ne dors pas ! Skype ?

Oh oui !

J'enfile un sweat avant d'aller chercher l'ordinateur de papa dans son bureau. Je n'ai le droit de l'utiliser qu'en cas d'urgence, mais parler à mes sœurs au milieu de la nuit, ça compte, non ?

Je démarre le logiciel, et deux clics plus tard, l'image un peu floue de la cuisine de Tanglewood s'affiche à l'écran.

— Tu m'entends ? hurle Coco. Tu me vois ?

— Je distingue parfaitement ta narine gauche, oui. À part ça, je ne vois pas grand-chose… ah si… on dirait que tu as oublié de te laver le cou ce matin !

— Oh ! s'offusque-t-elle. Moi qui me languissais de toi ! Qui pleurais dans mon oreiller, qui jouais des airs lugubres au violon ! Tu n'as vraiment pas de cœur, Honey Tanberrry !

— C'est pour ça que tu m'aimes.

— Coco, pousse-toi un peu, tu nous caches la vue ! intervient maman.

Coco se laisse tomber sur une chaise et les autres peuvent enfin me saluer en riant, emmitouflées dans de gros pulls, des tasses fumantes à la main. Pendant une fraction de seconde, je regrette de ne pas être avec elles plutôt que toute seule à l'autre bout du monde.

— On a *tellement* de trucs à te raconter ! commence Coco.

— Tu nous manques ! ajoute Summer.

— Reviens, tout est pardonné, lance Skye. Sérieux ! Ce n'est plus pareil sans toi ! Tu es bien installée ? Tu te plais toujours là-bas ?

— C'est génial. Le ciel est d'un bleu… il y a des perroquets dans les arbres, et une plage à même pas cinq minutes de la maison ! Je vous jure, c'est le paradis !

— Comment va papa ? demande Summer. Ça doit faire bizarre de vivre avec lui !

— Non, c'est super. Je me sens chez moi. Je suis contente de passer du temps avec lui. On a toujours été sur la même longueur d'onde. Ses affaires marchent très bien, alors il a pas mal de travail, mais il trouve toujours un moment pour moi.

Presque toujours.

— Est-ce qu'il est près de toi ? m'interroge Coco, pleine d'espoir.

Je secoue la tête.

— Il est 4 heures du matin ici ! Il dort.

— Et toi, non ? s'inquiète maman. Tu souffres encore du décalage horaire ?

— Oui, un peu. J'ai emprunté l'ordinateur de papa pour vous appeler, mais normalement, je dois lui demander la permission avant. Alors je préférerais ne pas le réveiller…

— Attends, lance Coco. Ne bouge pas. Je reviens dans une minute.

Elle disparaît de l'image, et maman prend sa chaise.

— Et le lycée ? demande-t-elle. Ça se passe bien ? Les professeurs sont aussi encourageants que le promet leur site Web ?

Une fois encore, j'élude la question. Les dernières journées à Willowbank ne se sont pas trop mal déroulées. Mais je n'irai quand même pas jusqu'à employer le mot « encourageant ». J'aurais tellement aimé aller à Kember Grange comme prévu… Je m'empresse de changer de sujet :

— Mes copines Tara et Bennie vous plairaient.

Je suis sincère. Elles n'ont rien à voir avec mes fréquentations habituelles, mais elles sont drôles et sympas. Qui sait, je suis peut-être en train de me faire de véritables amies ?

— Qu'est-ce que vous avez prévu pour Noël ? s'enquiert Skye. Je me demande à quoi ça ressemble, un réveillon en plein été… Tu ne dois pas trop être dans l'ambiance, si ?

— Mes projets se limitent à profiter du ciel bleu et de la plage. Finies les vieilles décos poussiéreuses, et pas besoin de dormir avec des chaussettes parce que la chaudière est en panne !

— Je suis jalouse ! commente maman en riant. Et très fière de toi, ma puce. Je sens que tu vas y arriver.

— Je te le promets. Je ne te décevrai plus.

— Tout ce que je veux, c'est ton bonheur.

Elle essuie une larme, et l'espace d'un instant, j'oublie le ciel bleu, la plage et les surfeurs. Je n'ai plus qu'une envie, rentrer à la maison avec ma mère et mes sœurs.

Je me reprends vite.

— Et vous, racontez-moi. Qu'est-ce que j'ai raté ?

— Alors… répond Skye. La semaine dernière, on est allés au magasin d'Exeter : il y avait un présentoir de nos assortiments ! Il paraît qu'ils se vendent comme des petits pains. *La Boîte de Chocolats* est en train de devenir une marque réputée !

J'imagine Paddy se pavanant dans son atelier. Un des gros avantages d'être partie aussi loin, c'est que je n'ai plus à supporter ses grands airs ni le sourire niais de Cherry.

— Quelle chance ! je marmonne.

— J'ai reçu une lettre de Jodie, enchaîne Summer. Son premier trimestre à La Rochelle Academy touche à sa fin. Elle se régale, même si elle s'en veut un peu d'avoir pris ma place. Mais franchement, c'est mieux comme ça. L'école est trop stricte, les horaires trop chargés pour moi.

— Avant, tu aimais ça.

— Oui… mais regarde où ça m'a menée !

Elle est appuyée sur le dossier de la chaise de maman, son corps maigre dissimulé sous un pull rose dix fois trop large, les pommettes saillantes, les yeux cernés. Bien que toujours aussi belle, elle semble épuisée. Il lui faudra du temps pour retrouver la santé.

— Comment tu vas, d'ailleurs ?

Je marche sur des œufs, car d'habitude, nous ne parlons jamais de sa maladie devant elle. On a peur qu'à la moindre contrariété, elle se brise en mille morceaux.

— Super ! Je continue à voir les médecins de la clinique pour régler certaines choses. Cette semaine, je n'ai pas pris de poids, mais je n'en ai pas perdu non plus… c'est plutôt bon signe, non ?

N'empêche, je suis très inquiète pour elle. J'ai été la première à remarquer qu'elle n'allait pas bien, il y a plusieurs mois de cela. Que se passera-t-il si elle rechute et que je ne suis pas là pour l'aider ?

Skye, sa jumelle, se penche vers la caméra.

— Hé, tu sais quoi ? Le film dans lequel vous avez joué Coco et toi l'été dernier va bientôt être diffusé. On a vu une bande-annonce l'autre jour, avec la musique de Shay ! Du coup, on va organiser une soirée télé pour le regarder en mangeant du pop-corn.

— Oh, j'avais complètement oublié ! C'était une chouette journée, même si on n'était que figurantes. J'aurais aimé le voir moi aussi, mais ça m'étonnerait que ce soit possible…

— Si, si, il sera rediffusé sur le site de la chaîne, me rassure maman. Demande à ton père l'autorisation d'utiliser son ordinateur. Tu ne vas quand même pas rater tes débuts d'actrice !

— Ce serait dommage ! Vous vous souvenez des costumes d'époque qu'on a dû porter ?

— Je suis justement en pleine phase victorienne, déclare Skye.

Elle baisse la tête pour me montrer son nouveau chapeau en velours bleu. Sur le côté, elle a épinglé un badge représentant le symbole de la paix.

— J'ai déniché une pile de jupons en dentelle l'autre jour dans une friperie. Génial, non ? Je les mets pour aller au collège, et les profs ne m'ont rien dit.

— Tu dois être magnifique avec. Au fait, je ne vous ai pas montré mon uniforme. C'est un vrai crime contre l'humanité !

Je décroche la robe-sac et l'affreux foulard jaune de leur cintre et les plaque contre moi en dansant devant la caméra. Skye et Summer prennent l'air horrifié qui s'impose.

— Mais... je croyais que c'était un lycée sans uniforme ? s'étonne maman.

Trop tard. J'ai gaffé.

— Oh, euh, oui, mais ils viennent de revoir leur politique à ce sujet. Ils ont décidé que l'uniforme permettait une plus grande égalité entre les élèves. Pas de bol, hein ?

Maman fronce les sourcils.

— Ça me surprend beaucoup. Vu l'importance qu'ils accordent à la liberté d'expression, je n'aurais pas cru…

Par miracle, c'est le moment que choisit Coco pour se frayer un chemin entre les filles, Joyeux Noël dans les bras. La fin de la phrase de maman se perd dans un brouhaha. Summer attrape Fred, le chien, pour que je lui dise bonjour ; même Cherry et Paddy pointent le bout de leur nez.

Soudain, la porte de ma chambre s'ouvre à la volée. Papa me dévisage, les bras croisés et l'air sévère. Oups…

— Je dois vous laisser ! je lance. On se reparle bientôt, promis.

— Attends ! proteste Skye. J'ai des tonnes de trucs à te raconter… ne raccroche pas tout de suite !

— Oui ! piaille Coco. Je m'apprêtais à aller chercher Coconut !

Je coupe la communication au moment où maman lui répond qu'il est hors de question de faire entrer un poney dans sa cuisine. Je me tourne vers mon père.

— Honey ? Que se passe-t-il ?

— Je n'arrivais pas à dormir. J'ai discuté avec mes sœurs sur SpiderWeb, et ça m'a donné envie de les appeler. Je pensais que tu serais d'accord…

Il referme brusquement son ordinateur portable.

— Bien sûr que tu peux appeler tes sœurs sur Skype. Ce n'est pas le problème. Mais pas au milieu de la nuit, alors qu'Emma et moi devons travailler le lendemain, et que toi tu as cours…

— Je sais. J'ai juste du mal à m'habituer au décalage horaire.

Il secoue la tête.

— Il est temps que tu penses aux conséquences de tes actes. Tout ce bruit m'a réveillé, alors qu'une grosse journée m'attend demain. Je n'arrive pas à croire que tu aies pris mon ordinateur sans ma permission. Où sont passées tes bonnes résolutions ?

Ma gorge se serre et mes yeux s'emplissent de larmes. La dernière chose que je veux, c'est décevoir mon père. J'aimerais lui montrer mes bons côtés, lui prouver qu'on se ressemble…

— Pardon, je souffle. Je ne recommencerai plus.

Il soupire.

— Bon… maintenant, tu sais ce que j'en pense. Le chapitre est clos. Je comprends que tu éprouves le besoin de parler à tes sœurs et je suppose qu'un ordinateur portable te serait également utile pour les cours.

Je rêve, ou il propose de m'en offrir un ?

— Allez, princesse, ajoute-t-il en passant un bras autour de mes épaules. Plus de larmes – tu es une dure à cuire. Maintenant, essayons de dormir un peu avant que nos fichus réveils se mettent à sonner !

— D'accord.

Je lui adresse un sourire tremblant.

Franchement, même quand il est en colère, mon père est trop génial.

De : coolcoco@laboîtedechocolats.com
À : Honey

C'était chouette de te parler sur Skype hier soir, même si tu t'es déconnectée super vite. La maison est beaucoup plus calme depuis que Stevie et sa famille sont partis. Ils me manquent, surtout lui. Attention, hein, je ne suis pas amoureuse. Mais on a vécu tellement de choses tous les deux avec les poneys… et même si je le trouvais insupportable au début, on a fini par devenir meilleurs amis. Tu as déjà été amie avec un garçon, toi ? J'en ai parlé à Jade, Sarah et Amy ; elles disent que ce n'est pas possible. Je ne les crois pas.

Le plus extraordinaire c'est qu'ils m'ont laissé Coconut. La mère de Stevie m'a dit que personne ne saurait s'en occuper aussi bien que moi. Maman et Paddy étaient d'accord, alors ça y est, j'ai ENFIN un poney à moi ! Enfin, presque. C'est cool, non ? Quand je suis avec Coconut, la vie est plus facile, même si, bien sûr, tu me manques atrocement. Et Stevie un peu aussi.

Ta sœur PRÉFÉRÉE,
Coco

8

Papa avait raison sur un point : je suis une dure à cuire. Ma nouvelle vie en Australie sera formidable, parce que je l'ai décidé.

À Willowbank, ça va mieux. Je porte mes chaussettes bien hautes, mon col bien droit, ma robe à la bonne longueur et mon foulard jaune autour du cou. Chaque matin, j'affiche un sourire courageux, résolue à conquérir profs et élèves. Et ça fonctionne. Je commence à me détendre, à m'intégrer… Pour la première fois depuis des années, j'ai envie de faire bonne impression.

Mes professeurs ont vite compris que je n'étais pas le génie décrit par mon père. Ils ont proposé de m'imprimer les cours que j'avais ratés et de me donner des exercices de rattrapage. J'ai accepté avec un sourire reconnaissant, malgré ma furieuse envie de tout balancer à la poubelle. Au moins, ça occupera mes nuits d'insomnie.

La seule matière dans laquelle je me débrouille à peu près, ce sont les arts plastiques. Miss Kelly, l'enseignante, s'est illuminée en feuilletant mon carnet de croquis.

— Tu es vraiment douée ! m'a-t-elle félicitée.

Je n'avais pas reçu de compliment d'un professeur depuis si longtemps que je n'ai pas su quoi dire.

Évidemment, tout n'est pas rose. Par exemple, aujourd'hui, on est vendredi, et je dois rester après la fin des cours car je me suis inscrite au groupe d'étude de Mr Piper. Il veut déterminer l'étendue précise de mes lacunes en maths pour savoir par où commencer. En Angleterre, quand je ne partais pas à l'heure, c'était parce que j'étais collée. Ici, j'ai *choisi* de rester plus tard, et ça me fait bizarre. Heureusement, Tara et Bennie sont là elles aussi. Le groupe de soutien est également ouvert aux très bons élèves qui souhaitent se perfectionner.

— Tu vas voir, me promet Tara. Les maths, c'est cool !

Je me force à sourire. Moi, au milieu d'une bande d'intellos… le destin nous joue parfois de drôles de tours. J'adore Tara et Bennie, mais je parie qu'elles s'amuseraient davantage à un concours de maths que dans une fête déjantée. D'un autre côté, ce n'est peut-être pas plus mal.

J'essaie de me concentrer sur ce que raconte Mr Piper, même si mon cerveau menace d'exploser d'une minute à l'autre. Par chance, le prof est d'une patience d'ange. Mes progrès sont affreusement lents, mais je m'en fiche. Mes efforts finiront par payer.

Ce matin, au petit déjeuner, papa m'a annoncé qu'il passerait me chercher après l'étude pour m'emmener choisir un ordinateur portable. Ce sera mon cadeau de Noël anticipé. Il trouve plus logique de me l'acheter maintenant, pour m'encourager. Comme ça, d'ici les vacances, j'aurai rattrapé une grande partie de mon retard. Et ça m'évitera de traîner dans son bureau à 4 heures du matin pour lui piquer le sien.

— On prend le bus ou on rentre à pied ? s'enquiert Bennie. On pourrait passer au café de Sunset Beach pour fêter l'arrivée du week-end !

— Je ne peux pas, désolée. Mon père vient me chercher. Il m'emmène acheter un ordinateur !

— Waouh ! s'exclame Tara. Trop cool !

— C'est vrai. Ça ne risquait pas d'arriver quand je vivais chez ma mère… on n'avait pas les moyens. Mais mon père pense que j'en ai besoin pour mes études. Il est super généreux !

Soudain, mon portable vibre : un message de papa.

Honey, ça ne va pas être possible aujourd'hui. Réunion de dernière minute qui risque de s'éterniser. On verra demain, OK ? Dis à Emma de ne pas m'attendre pour le dîner. Je mangerai un sandwich au bureau.

Je baisse la tête. Ce n'est pas la première fois qu'il me pose un lapin, mais j'espérais qu'ici, les choses seraient différentes. Enfin, ce n'est pas sa faute.

— Un problème ? demande Bennie.

— Mon père a un imprévu au bureau. Il ne pourra pas venir. Ce qui signifie…

— Quoi ?

— Que je suis toute à vous !

Je les prends par le bras, et nous nous élançons sur la route.

Même si je ne m'attends pas vraiment à croiser Riley, je ne peux pas m'empêcher de scanner la plage du regard. Des enfants jouent au cricket et quelques adultes promènent leur chien, mais il y a beaucoup moins de monde que dimanche dernier.

— Ça vous dirait qu'on se voie demain ? propose Bennie. On pourrait traîner dans les magasins…

— Pourquoi pas ? Je dois trouver des cadeaux de Noël pour ma mère et mes sœurs. Il faut que je les poste bientôt si je veux qu'ils arrivent à temps.

— OK, fait Tara. Chouette ! Moi je voulais vous inviter à dormir à la maison la semaine prochaine. On pourrait manger une pizza, regarder un film et se mettre du vernis !

Ça ressemble aux soirées pyjama de ma petite sœur Coco, mais je souris et fais semblant d'être excitée. J'ai perdu l'habitude d'avoir des amies. Celles que j'avais au collège ont pris leurs distances ces dernières années, effrayées par mon attitude. Quant aux filles que j'ai rencontrées ensuite, elles se fichaient pas mal de moi. Avec Tara et Bennie, j'ai une chance de recommencer à zéro. Je leur suggère :

— On pourrait vous relooker. Trouver la tenue idéale pour impressionner les garçons pendant les fêtes de Noël !

— Je ne suis jamais invitée à des fêtes, se lamente Tara. On va juste faire des repas de familles avec mes grands-mères, mes tantes et des oncles barbus qui sentent les pastilles pour la toux.

— On n'est pas très douées avec les garçons, me confie Bennie. C'est le problème quand on fréquente un lycée pour filles. On n'y connaît rien. On est nulles !

— Carrément, renchérit Tara. Il y a deux semaines, à l'arrêt de bus, un garçon m'a demandé de lui prêter un crayon. J'ai paniqué. Je ne pouvais plus parler, je suis devenue toute rouge. Je lui ai tendu un stylo et je suis partie en courant…

— Je confirme. Elle a battu le record du cent mètres, déclare Bennie.

— Si un garçon essayait de m'embrasser, je crois que je m'évanouirais. Je suis un cas désespéré.

J'ouvre de grands yeux.

— Attends une seconde. Tu n'as jamais embrassé personne ?

Tara hausse les épaules en rougissant.

— Oui, bon, je ne suis pas en avance. Mes parents sont très stricts, je ne suis allée que dans des écoles de filles… et je n'ai jamais rencontré le bon. En fait, je n'en ai même jamais rencontré. Je suis une vraie bonne sœur.

— Tu ne rates pas grand-chose, la rassure Bennie. Moi j'ai embrassé un certain Bernard Harper pendant les vacances, l'année dernière. J'ai eu l'impression de gober une limace. Dégoûtant.

— Tu ne m'en avais jamais parlé ! s'offusque Tara.

— Je ne vois pas l'intérêt, continue Bennie. Après le baiser, il m'a proposé qu'on sorte ensemble ; j'ai répondu que ça ne marcherait pas à cause de la distance. En fait, c'était pour ne plus avoir à l'embrasser.

— Ils ne sont pas tous comme ça. J'en ai connu quelques-uns avec qui c'était aussi délicieux que de manger du chocolat. Et ceux-là, croyez-moi, ils en valent la peine !

Je pense à Shay. Il y en a eu d'autres après lui, mais aucun ne lui arrivait à la cheville. Comme Kes, par exemple.

Tara soupire.

— Waouh ! Et tu as embrassé beaucoup de garçons, Honey ?

— Trop ! Bennie a raison : la plupart sont sans intérêt. Mieux vaut attendre pour que ton premier baiser soit un moment exceptionnel.

— Mais comment faire pour rencontrer des garçons de notre âge ?

— Facile. Il y en a partout ! Je vous parie que je peux vous en trouver un à chacune pendant les vacances. Et pas des limaces, promis ! On ira à la plage. Faites-moi confiance ! Et d'ici là, je vais vous apprendre à draguer.

Bennie jette un regard inquiet autour d'elle. Les seuls êtres masculins en vue sont un gamin de huit ans et un vieux monsieur en short. Mais en plissant les yeux, j'aperçois Ash, le serveur mignon, au fond du café. Il fera un cobaye parfait pour mes amies.

— Relax. Leçon numéro un : arrêtez d'angoisser ; les garçons ne sont pas des extraterrestres. Enfin, parfois si, un peu, mais ça ne fait rien ! Déjà, vous devez vous convaincre que vous êtes belles, intelligentes et pleines d'assurance… Ayez confiance en vous.

— Impossible, m'interrompt Tara. Dès qu'un garçon s'approche à moins de cinq kilomètres, je perds tous mes moyens.

Je la coupe :

— Ce sera bientôt du passé ! Allez, la dernière dans l'eau paie sa tournée !

Je les prends par la main, comme je le faisais autrefois avec mes sœurs. Cheveux au vent, nous courons à perdre haleine en poussant des cris de joie. Oubliées, les règles strictes du lycée. Je ne me demande plus si je suis une rebelle, un cas désespéré ou une nouvelle personne. Tout ça n'a plus d'importance.

Arrivée la première au bord de l'océan, je jette mon sac par terre, me débarrasse de mes chaussures et enlève mes chaussettes. Quelques secondes plus tard, je saute dans les vagues comme si j'étais redevenue une enfant. C'est le bonheur !

De l'eau jusqu'aux genoux, je reprends :

— Passons aux choses sérieuses. Quand j'étais petite, mes sœurs et moi faisions toujours un vœu avant d'entrer dans la mer, et ils se réalisaient presque à chaque fois. On essaie ? En l'honneur du soleil, de l'amitié, des garçons cool et du grand amour !

Nous nous tournons vers le large, main dans la main.

— Ce serait génial si ça marchait, murmure Tara. Moi, je fais le vœu d'embrasser enfin un garçon !

— Et moi, j'en voudrais un au chocolat ! lance Bennie.

Et moi, j'aimerais simplement être heureuse…

Une énorme vague s'abat sur nous et nous sépare. Nous battons des bras en criant et nous précipitons vers le bord. J'ai mal aux joues à force de rire, et un goût salé sur les lèvres.

— Honey Tanberry, déclare Bennie en s'affalant sur le sable, tu es officiellement dingue ! Il y a long-temps que je n'avais pas autant rigolé !

— Je suis trempée, gémit Tara. Et j'ai dû avaler la moitié de l'eau de la baie !

— Au fait, tu es arrivée dernière, je lui signale. À toi de payer les boissons !

— Hein ? Je ne vais pas aller dans le café dans cet état !

Je me tourne vers Bennie, qui devance ma question :

— Même pas en rêve ! Regarde-nous, on ressemble à des chiens mouillés.

— Oh, bande de chochottes !

Je secoue mes cheveux, lisse ma robe dégoulinante, puis me dirige vers les dunes, mon sac sur l'épaule. Tara et Bennie ramassent leurs sandales et m'emboîtent le pas en gloussant.

Le bar est désert. Assis sur un tabouret, Ash est en train de lire. Il lève la tête en m'entendant entrer, passe en revue mes cheveux trempés, mes pieds nus et ma robe auréolée de taches humides. Tara et Bennie s'arrêtent net derrière moi, toutes rouges.

— Salut, Honey, lance-t-il.

Je suis flattée qu'il se souvienne de mon prénom.

— Tu t'es baignée, on dirait ?

— Il fait tellement chaud, je n'ai pas pu résister.

— Je ne sais pas comment vous faîtes en Angleterre, mais ici, la plupart des gens mettent un maillot pour nager…

— Nous ne sommes pas la plupart des gens. Ça nous plaît d'être différentes. Je te présente mes copines du lycée, Tara et Bennie. Les filles, voici Ash.

— Enchanté.

— Salut, bredouille Bennie. On ne s'est pas vraiment baignées, hein. On se trempait juste les pieds, et tout à coup une énorme vague nous est tombée dessus.

— Je sais, j'ai vu. Vous avez dû rigoler !

— Oui !

Elle tient Tara fermement par le bras, comme si elle craignait de la voir s'échapper – ce qui pourrait très bien arriver.

— Tara, tu ne voulais pas commander quelque chose ?

— Hmmmf, marmonne-t-elle, écarlate. Oui, euh, hum, trois Cocas, s'il te plaît.

Tandis que Ash passe derrière le bar, je jette un œil à ce qu'il lisait. C'est un gros bouquin de philosophie aux pages cornées. Dommage que ce garçon soit aussi intello, parce que plus je le regarde, plus je le trouve mignon.

— Tu es à la fac ? lui demande Bennie.

— Non, au lycée. En terminale.

— Oh, Nietzsche, commente Tara en ramassant le livre. Justement j'aimerais m'inscrire en fac de philo.

— Ah oui ? Je pourrais te prêter deux ou trois trucs. Schopenhauer ou Descartes, par exemple. C'est une bonne introduction.

Et voilà que, sa phobie des garçons soudain évaporée, mon amie discute tranquillement avec Ash de vieux penseurs morts depuis longtemps. Je suis un peu déconcertée.

— Oui, bref, je les coupe. Ma philosophie à moi est très simple : il faut profiter du moment présent ! Et s'amuser autant que possible.

— C'est ce que j'avais cru comprendre, réplique Ash. Ça vous dit, une boule de glace avec vos Cocas ? Cadeau de la maison. Offre spéciale réservée aux sirènes.

— On n'est pas des sirènes ! glousse Bennie.

— Mais on veut bien des glaces ! je précise. Merci !

Tara et Bennie sortent s'installer sur la terrasse. Alors que je m'apprête à les suivre, Ash me retient par le bras.

— Tu n'es vraiment pas une fille comme les autres, Honey.

Pendant une milliseconde, je suis flattée. Puis je me souviens de mes cheveux plaqués sur ma tête, de ma robe humide et de la petite flaque à mes pieds.

J'éclate de rire, Ash m'imite, et je me dis que c'est peut-être le début d'une belle amitié.

Quand je rentre à la maison, il est 18 heures passées, et je me sens tout de suite coupable. J'ai oublié de transmettre le message de papa à Emma. Elle est en train de cuisiner un plat compliqué, armée de plusieurs livres de recettes et du contenu de presque tous les placards. Des ingrédients sont éparpillés dans tous les coins, comme si une tornade venait de ravager la pièce. Emma a l'air un peu débordée.

— Alors, tu as trouvé un ordinateur ? m'interroge-t-elle en coinçant une mèche de cheveux derrière son oreille. Il est chouette ? Où est Greg ?

— Changement de programme. Il m'a envoyé un texto pour dire qu'il avait une urgence au bureau et que l'ordinateur attendrait demain. Il ne dînera pas avec nous, il prendra juste un sandwich.

Le visage d'Emma se décompose.

— Mais… je me suis donné tellement de mal !

Je me mords les lèvres.

— J'étais censée te prévenir, mais je suis allée à la plage avec Tara et Bennie et j'ai oublié. Je ne pensais pas que tu serais déjà aux fourneaux. Je suis désolée !

— Ce n'est pas ta faute. Il aurait pu m'appeler. Il avait promis de faire un effort, de passer plus de temps à la maison…

Je prends la défense de mon père :

— Il n'a pas eu le choix. Je suis sûre qu'il aurait préféré rentrer. Il travaille tellement !

— Trop, parfois, soupire Emma.

Elle affiche un sourire courageux.

— Mais tu as sans doute raison, Honey. Il a un poste à responsabilité, ce qui implique des horaires parfois contraignants. Greg se donne du mal pour nous offrir ce train de vie : maison avec piscine, vacances de luxe, dîners au restaurant. Sans parler de la pension pour tes sœurs et toi.

Je grimace. Avant l'installation de Paddy à la maison, nous avons connu des périodes très difficiles. Même aujourd'hui, maman et lui ne pourraient jamais s'offrir le quart des gadgets high-tech de papa.

— Enfin, poursuit Emma, ne nous laissons pas abattre. On va se faire une soirée entre filles !

Pelotonnées sur le canapé avec nos assiettes, nous regardons une comédie romantique plutôt sympa qui date de l'époque où Emma était adolescente. La viande est brûlée à l'extérieur et crue à l'intérieur, et la sauce froide et pleine de grumeaux. Aucune de nous deux ne fait le moindre commentaire. Heureusement, il y a de la glace et du chocolat fondu pour le dessert. Tandis que des scènes tantôt drôles, tantôt mièvres se succèdent à l'écran, Emma me dit :

— N'hésite pas à inviter tes amies quand tu veux. Tu es chez toi, ici. Propose-leur de dormir à la maison, de profiter de la piscine…

Elle semble tout excitée à cette perspective. Soudain, je prends conscience que malgré sa belle villa et son train de vie luxueux, elle est très seule.

À la fin du film, je l'aide à faire la vaisselle avant de regagner ma chambre. Quand je me connecte à SpiderWeb, je suis surprise d'y découvrir un message de Surfie16 datant d'à peine quelques minutes.

Salut, ma belle… je voulais juste te dire que je pense tout le temps à toi.

Je souris. Quelques secondes plus tard, des questions apparaissent :

Ça va comment au lycée ? Du succès avec les garçons ?

Je ris.

C'est un établissement pour filles ! Et je n'ai pas le temps de m'amuser. Je suis devenue une élève modèle !

Ouais, c'est ça ! Tes profs ne savent pas ce qui les attend, les pauvres.

Je fronce les sourcils. L'autre jour à la plage, j'étais sagement en train de dessiner ; qu'est-ce qui fait croire à Riley que je ne suis pas sérieuse ? Décidément, je dois avoir le mot « rebelle » tatoué sur le front. C'est un peu déprimant.

Contrariée, je tape une réponse :

Pourquoi ? Je m'intègre très bien.

Je plaisantais ! Bon, faut que j'y aille, mais on se reparle bientôt…

Je me déconnecte, soulagée que la remarque de Riley ne signifie rien. L'important, c'est qu'il pense à moi. J'ouvre un manuel et tente de me concentrer sur mes devoirs, mais je ne cesse de repenser à notre discussion à la plage. Et si j'avais accepté son invitation à la fête ? L'aurais-je vraiment regretté ?

Papa rentre très tard. Mes devoirs sont terminés depuis longtemps, et je suis couchée dans mon lit, à deux doigts de m'endormir.

La voix d'Emma s'élève, lourde de reproches :

— Tu aurais au moins pu me prévenir ! Il est plus de minuit, Greg. Tu exagères !

— Je n'ai pas eu le choix, chérie. Chut… ne réveillons pas Honey.

Je n'entends pas la suite, car j'ai déjà sombré dans le monde des rêves.

De : vintagegirl@laboîtedechocolats.com
À : Honey
Je voulais juste te prévenir qu'on est en train d'emballer tes cadeaux de Noël ! Tu devrais bientôt recevoir un colis… Par contre, interdiction de l'ouvrir avant le jour J.
Plus que 22 dodos !
Skye

Il est 4 heures du matin et je regarde le plafond blanc de ma chambre. Celui de Tanglewood était bien plus beau. Quand j'avais neuf ans, maman avait passé une semaine à le repeindre en bleu ciel pendant que je découpais des étoiles dans des emballages de chocolats dorés. Ensuite, perchées sur des escabeaux, nous les avions collées de façon à représenter une magnifique nuit étoilée.

« Quand tu seras découragée, tu n'auras qu'à lever les yeux vers elles et faire un vœu », m'avait dit maman.

Même si je doute que des étoiles en papier puissent chasser les problèmes ou exaucer des vœux, elles me réconfortaient. Je les ai longuement fixées l'année où mon père est parti, et plus tard quand Shay m'a plaquée pour ma demi-sœur… évidemment, ça n'a rien changé.

Mon téléphone indique 4 h 03, ainsi que la date : vendredi 8 décembre. Encore une fois, impossible de me rendormir.

Cela fait trois semaines que je suis arrivée en Australie, et décalage horaire ou insomnie, je commence à en avoir assez de me réveiller à l'aube. Heureusement, depuis quelques jours, j'ai d'autres distractions que mes devoirs de maths ou d'espagnol.

Car désormais, je discute avec Riley.

Quand j'ai terminé mes équations et qu'il fait encore sombre, je me connecte à SpiderWeb. Il est toujours là. Parfois, il rentre d'une fête ; parfois, il a passé la nuit sur une dissertation urgente ; ou alors, il s'est levé tôt pour aller courir sur la plage. Manque de chance, il habite de l'autre côté de la ville, ce qui explique qu'on ne se soit pas recroisés depuis notre première rencontre.

Malgré tout, les relations par Internet ont leurs limites, et je ne suis pas du genre à me fermer des portes. Alors je passe mes nuits à chatter avec Riley, et mes après-midi au café avec Ash. J'ai pris l'habitude de passer le voir chaque jour en rentrant du lycée, et je l'y trouve généralement en train de lire ou de faire ses devoirs. Je commande un smoothie et m'installe sur un tabouret de bar pour réviser, discuter avec lui et lui faire les yeux doux.

La vie à Sydney, c'est plutôt sympa ! Samedi dernier, je suis allée en ville avec Tara et Bennie. Nous avons admiré le sapin gigantesque de Chifley Plaza. Les arbres décorés de guirlandes lumineuses et les boutiques climatisées diffusaient des chants de Noël alors que dehors la chaleur était étouffante. Ça m'a fait bizarre d'acheter des cadeaux en short et tee-shirt. J'ai trouvé exactement ce que je voulais pour maman, Skye, Summer et Coco. J'ai même pris un affreux vernis à ongles jaune moutarde pour Cherry et un paquet de biscuits au chocolat pour Paddy. J'ai tout emballé et expédié il y a déjà plusieurs jours. J'imagine maintenant mon colis cheminant autour de la planète en direction de Tanglewood.

Le lycée n'est pas de tout repos, d'autant que j'ai des années de mauvaises habitudes à rattraper. Heureusement, mon ordinateur portable tout neuf est là pour m'aider. Papa me l'a rapporté samedi en s'excusant pour la veille.

Ce soir, j'ai beaucoup de mal à terminer ma fiche d'exercices de maths. Les questions sont toutes plus difficiles les unes que les autres, et j'ai beau suivre les étapes expliquées par Mr Piper, mon cerveau encore embrumé de sommeil a du mal à s'y retrouver. Mais je persévère, chose plutôt nouvelle pour moi. Quand j'arrive enfin au bout du dernier problème, j'ai l'impression d'avoir gravi les Blue Mountains en tongs et d'avoir planté un drapeau au sommet, tel un symbole de fierté et de nouveau départ.

Je range mon cahier, ouvre mon ordinateur et lance SpiderWeb. Comme je l'espérais, un message de Riley m'y attend.

Réveillée, ma belle ?

Tu ne dors jamais, toi ! Je me demande comment tu es arrivé jusqu'à la fac en faisant autant la fête. Qu'est-ce que tu étudies, déjà ?

Tu aimerais bien le savoir, hein ? Je suis inscrit en surf, cocktails et grasse matinée. Mais ma spécialité, c'est l'envoi de messages aux jolies demoiselles en pleine nuit.

Je souris encore quand un nouveau message fait clignoter ma boîte de réception.

Alors, comment va mon insomniaque préférée aujourd'hui ?

Pas mal, et toi ? Tu reviens encore d'une soirée ?

Qui sait… peut-être que je fais sonner mon réveil à 5 heures tous les jours pour le plaisir de discuter avec une petite Anglaise. Ou que je suis un fêtard invétéré qui hante les alentours de Sydney dans l'obscurité, errant de jardin en jardin en quête du grand amour, sans jamais le trouver.

Mes doigts volent sur le clavier.

Je crois que je connais la bonne réponse. Alors, cette fête ? C'était sympa ? Tu as rencontré des gens intéressants ?

Quelques dizaines de surfeurs idiots super baraqués, une poignée d'étudiants perdus, trois filles tout droit sorties d'un remake de Frankenstein et un chien pelé qui s'est enfui avec mon hamburger. Je n'ai vraiment pas de chance en amour.

J'éclate de rire.

Je connais. Moi aussi, j'ai le don de choisir les pires garçons. Enfin, ça, c'était avant... j'ai décidé de tourner la page.

Tu as tout compris. Sauf que moi c'est avec les filles, bien sûr. Hé... j'ai une idée. On va pimenter un peu les choses. Action ou vérité ?

Je secoue la tête. Il est hors de question que je choisisse « action » : je n'ai pas envie de devoir plonger toute nue dans la piscine de mon père, ou de faire le tour du quartier à vélo en pyjama en braillant des chants de Noël.

Vérité. Peut-être !

Mon défi s'affiche une minute plus tard.

Alors... parle-moi des garçons avec qui tu es sortie. Les belles rencontres, les mauvaises, les déceptions...

Je me mords les lèvres. Sans le savoir, Riley vient de toucher une corde sensible.

Je suis obligée ? Comme je te l'ai dit, j'ai tourné la page. Les garçons, c'est fini.

Même moi ?

Pour l'instant, on ne fait que discuter ! Et puis toi, tu es un mec bien.

Du moins, je l'espère. Lorsque je l'ai rencontré à la plage, Riley m'a fait penser à Shay : ouvert, sportif, cool. Mais ses messages donnent une autre image de lui, celle d'un fêtard un peu ténébreux. Je me demande qui il est vraiment.

Tu es sûre que je t'intéresserais si j'étais un gentil garçon ? Si tu veux, je commence. La belle rencontre : une fille de mon ancien lycée dont j'ai été raide dingue pendant des années, mais qui ne m'a jamais calculé. Les mauvaises : il y en a trop. Les déceptions : voir plus haut. Et maintenant, il y a toi. J'espère que tu entreras dans la première catégorie… J'ai bien le droit de rêver ! À ton tour, maintenant !

Je prends une grande inspiration. Pas étonnant que j'aie du mal à cerner Riley. Le bon et le mauvais semblent s'affronter en lui, exactement comme en moi. Peut-être qu'il nous faut seulement trouver la bonne personne pour sortir du cercle vicieux dans lequel nous nous sommes enfermés. Je commence à rédiger ma réponse. Même si elle ne correspond pas tout à fait à la réalité, elle devrait lui donner un aperçu de mon passé mouvementé. Et j'ai la conviction que Riley s'est attiré son lot d'ennuis lui aussi.

La belle rencontre : un garçon avec qui je suis sortie quand j'avais treize ou quatorze ans. Il m'a plaquée pour ma demi-sœur, donc je suppose que mes sentiments n'étaient pas réciproques. Les mauvaises : hum, la liste est longue. Motard, élève de terminale, fils de paysan, étudiant en cinéma, forain tatoué… voilà pour le résumé. Les déceptions : c'est plutôt moi qui déçois les autres, comme l'amoureux transi qui m'a fait virer du lycée il y a quelques mois… un pauvre type. Comme tu vois, j'ai aussi de la place dans la première catégorie. Alors si ça te dit de présenter ta candidature…

De longues minutes s'écoulent sans réponse. Mon excitation retombe comme un soufflé. J'ai essayé d'imiter Riley, de jouer la carte de la séduction malicieuse, mais c'est plus difficile par écrit que face à face. Suis-je allée trop loin ? Son silence m'inquiète. Je m'empresse d'ajouter :

Je rigole. On est juste amis, non ?

Aussitôt, il réplique :

Amis ? Et puis quoi encore ? Je ne me réveille pas à 5 heures pour papoter avec mes amis !

Le soulagement m'envahit.

Comme tu ne répondais pas, j'ai cru que tu voulais te faire désirer…

Je souris en imaginant Riley étendu sur son lit d'étudiant, encore tout habillé, sombrant dans le sommeil tandis que l'aube se lève sur Sydney. Son ordinateur projette une lueur bleutée dans la pénombre, puis finit par se mettre en veille lui aussi.

SpiderWeb – Message de VintageGirl :
N'oublie pas : tes débuts à la télé, c'est pour bientôt ! *Le Ruban rouge* sera diffusé à 20 heures mercredi soir. Il devrait être accessible en ligne à partir du lendemain. Je suis trop excitée ! Finn dit qu'il y a plein de gros plans sur toi dans la scène de la fête foraine !
Bisous.

10

À la soirée chez Tara, après avoir mangé des pizzas en forme de smiley et regardé un DVD à l'eau de rose, nous nous attaquons à la partie relooking. Nous faisons le tri dans l'armoire, jetant les horreurs irrécupérables et améliorant ce qui peut l'être. Une paire de ciseaux à la main, j'entreprends de transformer un jean en short, raccourcis une jupe et change un tee-shirt en débardeur.

En découpant le col en dentelle d'une petite robe trop sage pour le coller sur un haut noir, je lance :

— Ta mère va me tuer, mais tu vas être super belle !

— Où as-tu appris tout ça ? Tu devrais devenir couturière ou styliste !

— Ma sœur Skye est encore plus douée que moi. Elle adore les fringues vintage, et elle peut customiser n'importe quoi – une robe trouvée dans une friperie, un vieux drap… elle est incroyable. Je vous jure. Elle a même aidé à réaliser les costumes d'un film il y a quelque temps. D'ailleurs, il doit passer à la télévision mercredi soir en Angleterre !

— Un film ? s'écrie Bennie. Trop cool !

— Ma petite sœur Coco et moi avons joué dedans. Enfin, juste comme figurantes.

— Sérieux ? souffle Tara. Un vrai film ?

— Eh oui ! Il sera disponible sur Internet à partir de jeudi.

— Je veux le voir ! s'exclame Bennie. C'est dingue que tu n'en aies jamais parlé !

— Arrête, il n'y a pas de quoi en faire tout un plat !

Tara s'approche du miroir en tirant ses cheveux vers l'arrière. Elle grimace.

— Hé, madame la star de cinéma, tu n'aurais pas un conseil coiffure à me donner ? Je déteste mes cheveux. Et je n'ai aucune idée de ce qui me va.

Ils ont une jolie couleur auburn, mais ils sont un peu plats. Et ses petites barrettes à pois n'arrangent pas vraiment les choses.

— Tu as déjà essayé un chignon ?

J'ouvre mon ordinateur pour chercher des tutoriels vidéo. Bennie et moi, nous nous mettons immédiatement au travail. Armées de laque et d'un peigne, nous crêpons les cheveux de Tara. Le résultat est complètement raté : on dirait qu'elle a une choucroute sur la tête. Nous essayons alors des tresses plaquées, mais ça lui donne un air trop sévère. Quant aux anglaises, elles la font ressembler à un adorable petit cocker.

— À mon avis, ils sont trop longs, je conclus. Ils ne mettent pas tes traits fins en valeur. Ce qui rendrait vraiment bien, ce serait un carré court plongeant, un peu comme celui d'Audrey Tautou dans *Amélie Poulain*.

Tara remonte ses cheveux pour donner l'illusion qu'ils sont plus courts. Son visage s'illumine.

— Tu as raison ! Avec une petite frange, pourquoi pas ? J'ai toujours rêvé d'un truc de ce genre, mais dès que j'arrive chez le coiffeur, je me dégonfle et je lui demande juste de tailler les pointes.

— Pas besoin de coiffeur. N'importe qui est capable de couper des cheveux.

Tara et Bennie se tournent vers moi.

— Tu es sûre ?

— Mais oui ! Je l'ai même fait sur moi. Ce n'est pas sorcier.

— Alors là, je dis oui tout de suite, parce que j'adore ta coiffure ! déclare Tara.

J'essaie de ne pas paniquer. Certes, j'ai massacré mes longues boucles blondes il a plusieurs mois. Mais c'est parce que j'étais folle de rage à cause de Cherry et Shay. C'était un geste de dépit, pas un choix esthétique, et il a fallu une éternité pour que mes cheveux repoussent jusqu'aux épaules. Autant dire que me confier une paire de ciseaux n'est pas forcément une bonne idée.

— Certaine ? je demande. Tu ne vas pas regretter ?

— Non, vas-y ! Coupe !

Je commence à tailler avec précaution : je pars du menton de Tara, remonte vers le bas de son oreille puis fais le tour de sa tête. Elle reste parfaitement immobile. Les mèches auburn s'entassent sur le sol. Quand j'ai terminé, je m'aperçois que les deux côtés ne sont pas de la même longueur. Je tente d'égaliser de mon mieux, mais alors que je suis enfin à peu près satisfaite du résultat, Tara me rappelle qu'elle voulait une frange.

— Ça, ce n'est pas évident. Mais il y a un truc pour y arriver : il suffit de coller un morceau de Scotch à la hauteur désirée et de suivre le bord. De cette façon, impossible de se tromper.

Je ramène une partie de ses cheveux sur son front, positionne le ruban adhésif et commence à couper.

J'obtiens effectivement une ligne bien nette et je m'exclame :

— Vous voyez ? Imparable !

Bennie retire le Scotch d'un coup sec, ce qui fait hurler Tara. Et soudain, comme par magie, sa frange se retrouve toute de travers.

— C'est ma faute, s'excuse-t-elle. Mes cheveux n'en font qu'à leur tête.

Le temps que je parvienne à arranger les choses, la frange ne mesure plus que quelques centimètres. Pour ce qui est du changement, il est plutôt radical. Par miracle, Tara semble aimer sa nouvelle coupe. Elle l'ébouriffe devant le miroir avant de remettre ses barrettes, qui cette fois rendent très bien.

— Waouh ! s'extasie-t-elle. Je fais beaucoup plus vieille et plus sophistiquée. Peut-être que les garçons vont enfin me remarquer. Comme Ash, par exemple !

— Aucune chance, réplique Bennie. Il craque pour Honey.

Je hausse les sourcils, surprise.

— Sauf que moi, je ne suis pas intéressée ! Il est mignon, mais ce n'est pas mon genre.

— Et c'est quoi, ton genre ?

— J'adore les bruns ténébreux. Le problème, Tara, c'est que je n'ai pas l'impression que Ash te plaise non plus. Réfléchis : est-ce que ton cœur bat plus vite lorsque tu le vois ? Est-ce que tu rougis, hésites, perds tes mots ?

— Non. Même si je suis contente d'avoir rencontré quelqu'un qui connaît Nietzsche !

— Qui ? Je rigole, mais ce n'est pas la question. Il faut bien l'admettre, il n'y a pas eu d'étincelle entre vous ! Tu te souviens du garçon dont tu m'as parlé, celui qui t'a demandé un stylo à l'arrêt de bus ?

— Oui… Je suis devenue écarlate. Je n'arrivais plus à respirer, j'étais muette… c'était horrible !

— Ça, ça veut dire qu'il t'a plu. Que la chimie a opéré entre vous. C'est super ! On dirait que tu es tombée sur le bon. Une fois que tu sauras contrôler tes réactions et retrouver l'usage de la parole, tout se passera bien ! Il s'appelle comment ?

— Joshua McGee, m'informe Bennie. Il habite au coin de ma rue.

— Mais je ne peux pas lui parler ! gémit Tara. C'est impossible ! Je vais me ridiculiser.

— Pas du tout ! Le calme, ça s'apprend. Et attends qu'il voie ta nouvelle coupe de cheveux…

Bennie sourit et s'enroule dans la couette.

— Tu es géniale, Honey. Grâce à toi, je parie qu'on va se trouver des petits copains. Bon, maintenant, à toi de nous dire pour qui tu craques. Si ce n'est pas Ash, c'est qui ?

— D'accord, d'accord…

Tara baisse la lumière, je branche mon ordinateur portable, lance une play-list, et nous nous pelotonnons sous la couette avec des biscuits et des milk-shakes. J'ai l'impression d'avoir cinq ans, mais c'est très agréable.

Je leur raconte ma rencontre avec Riley à la plage, l'attirance immédiate et magnétique entre nous, et puis la façon dont il s'est décomposé quand il a découvert mon âge. Lorsque j'en arrive à nos discussions sur SpiderWeb au petit matin, les filles ouvrent de grands yeux.

— Waouh, on se croirait dans un film ! déclare Bennie.

C'est justement ce qui me plaît : le côté virtuel de cette relation, plus simple à gérer qu'une vraie histoire. Sur Internet, les choses ont beaucoup moins de chance de dégénérer. Mais je ne voudrais pas que mes amies croient que j'ai tout inventé.

— Sauf que c'est bien réel, je souligne. N'oubliez pas qu'on s'est déjà rencontrés !

— Oui. Mais s'il est étudiant, il a quel âge, exactement ?

— Je ne sais pas, dix-huit, dix-neuf ans. En tout cas, il est canon !

— Il étudie quoi ? intervient Tara. Et dans quelle fac ?

— Aucune idée. On ne parle pas de ce genre de trucs. Pourquoi, il y a plusieurs universités ici ?

— Oui, plein. Ça m'étonne qu'il n'ait pas précisé. Et pourquoi a-t-il finalement décidé que la différence d'âge n'était pas gênante ? reprend Bennie.

— Peu importe ! On n'a que quelques années d'écart, ce n'est pas la fin du monde !

— Non, évidemment. Mais… tu crois que les étudiants ont envie de s'embêter avec des lycéennes ? Pourquoi se contenter de discuter en ligne alors qu'il pourrait te voir ? Je trouve ça bizarre. Tu es sûre qu'il n'a rien à cacher ?

Mon agacement cède place à une sensation de malaise. Et si Bennie avait raison ? J'ai beau avoir un faible pour les mauvais garçons, je n'aime pas qu'on me mène en bateau.

Tara donne un coup de coude à Bennie.

— Ce n'est pas bizarre, c'est super romantique !

Elle fait voler ses cheveux courts.

— Au siècle dernier, il t'aurait courtisée avec des poèmes et des fleurs – maintenant, ça se passe sur SpiderWeb. Mais au fond, ça revient au même. Je parie qu'il va te demander de sortir avec lui !

— Sinon c'est moi qui le ferai. Comme ça au moins, je serai vite fixée sur ses intentions !

— Je ne voulais pas me montrer négative, me rassure Bennie. Je suis simplement surprise. Surtout que j'étais persuadée qu'il se passait un truc entre toi et Ash. En tout cas, lui, il t'aime beaucoup, c'est sûr.

— Il est sympa. Mais Riley aussi, et c'est un plus grand défi !

Bennie secoue la tête.

— Tu es folle. Ash est craquant, et disponible. Enfin, c'est toi qui décides.

J'éclate de rire.

— Tu as peut-être raison. Mes choix en matière de garçons n'ont pas toujours été judicieux. Mais au moins, j'ai appris de mes erreurs !

— Tu as souvent été amoureuse ? demande Tara. On t'a déjà brisé le cœur ?

— L'un ne va pas sans l'autre. Vous voulez que je vous montre quelques-uns de mes anciens copains ?

J'ouvre une nouvelle fenêtre sur mon ordinateur, dans lequel j'ai transféré les photos de mon iPhone. Tara et Bennie regardent défiler JJ, Marty, Phil, Joey, ainsi que plusieurs portraits de moi datant de ma période rebelle.

— Ouh là ! lance Tara devant un cliché de Kes. C'est qui, lui ?

— Un ex. Pas très fréquentable…

— C'est ce qui t'a plu chez lui, hein ? me taquine Bennie.

— J'essaie de changer.

— Tu devrais passer plus de temps avec nous, déclare Tara. On va te remettre sur le droit chemin !

Ce n'est pas si facile : la preuve, maman n'a jamais réussi.

— Qu'est-ce qui s'est passé avec ce garçon ? me questionne Bennie. Il t'a trompée ?

— Non, même pas. Je ne croyais déjà plus à l'amour avant de le rencontrer. Kes n'était que le dernier d'une longue série de mauvaises fréquentations. Il y a quelques années, pourtant, je sortais avec un type bien… il s'appelait Shay.

Je leur montre une photo où il sourit de toutes ses dents, le bonnet de travers et la guitare à la main.

— Ooooh, souffle Tara. Il est trop beau !

— Raconte, me supplie Bennie.

Mon regard se perd un instant dans le vague.

— Ma nouvelle demi-sœur me l'a volé. Comme ça, sous mon nez. Ils sont toujours ensemble aujourd'hui. Vous imaginez ? Après ça, j'ai un peu déraillé… j'ai pris de mauvaises décisions, séché les cours. Je n'en suis pas fière.

Mes amies me dévisagent, bouche bée, ne perdant pas une miette de mon récit. Tout est vrai, même si je leur cache certains aspects de l'histoire. Je me rends compte maintenant que je n'ai pas été à la hauteur avec Shay. Pourtant, même si je ne le montrais pas, je l'aimais. Quant aux détails de la dégringolade ayant conduit à mon renvoi du lycée d'Exmoor, ils sont tristes et sordides. Et malgré tous ses défauts, Cherry n'y est pour rien.

Je referme brusquement l'album photo.

— Eh bien ! s'exclame Tara. J'hallucine… comment peut-on faire un coup pareil à sa demi-sœur ?

— Et tu as dû cohabiter avec elle ? renchérit Bennie. Sans l'étrangler ? Quel cauchemar ! C'est pour cette raison que tu es venue vivre chez ton père ?

— Je ne la supportais plus. J'étais incapable de rester là-bas une seconde de plus.

— Tu m'étonnes !

— Voilà pourquoi je préfère y aller doucement avec Riley. Pour le moment, Internet me suffit.

Les filles hochent la tête, impressionnées, comme si j'étais une créature échappée d'un zoo – dangereuse, fascinante et imprévisible.

La nouvelle coupe de cheveux de Tara fait presque l'unanimité. Seule sa mère n'approuve pas, mais j'aurais pu avoir pire influence sur sa fille. Si elle savait, elle tomberait dans les pommes… Elle s'en doute peut-être un peu, car le lendemain matin, au petit déjeuner, elle me regarde comme si elle avait avalé de travers. En tout cas, que ça lui plaise ou non, Tara est magnifique. Sa coiffure lui donne un côté un peu mystérieux, comme si elle avait grandi d'un coup pendant la nuit.

Le lundi, au lycée, les compliments fusent.

— Ça te change complètement ! Tu es allée où ? Ça te va super bien !

Tara se contente de sourire en rejetant ses cheveux en arrière, soudain pleine d'assurance. Cerise sur le gâteau, Bennie m'annonce que Joshua McGee s'est approchée d'elle à l'arrêt de bus pour la complimenter.

— C'était le plus beau jour de ma vie, confirme Tara.

— Elle était rouge comme une tomate, mais elle n'est pas partie en courant. Il y a du progrès, non ?

— C'est clair !

Que voulez-vous, je suis un génie.

SpiderWeb – Message de : SummerDance
À : Honey
Salut, grande sœur.
C'était bizarre de te voir sur Skype l'autre jour… j'avais l'impression qu'il me suffirait de tendre la main pour te toucher, alors que ce n'était pas le cas. Tu me manques. Décembre

n'est pas un mois facile pour moi. La cuisine embaume ce soir – maman est en train de préparer du *Christmas pudding* et des tartelettes. Je l'ai aidée en faisant comme si tout allait bien, mais j'étais paniquée.

Pourquoi faut-il que Noël rime avec boîtes de chocolats, bûches glacées et repas interminables ? Tout ça me fait peur, Honey. Je voudrais revenir à l'époque où on s'inquiétait seulement de savoir s'il allait neiger et si on réussirait à rester éveillées jusqu'au passage du Père Noël. Tout était tellement plus simple…

Gros bisous.

11

Quand je lis le message de Summer sur mon télé-phone à la pause de midi, mon cœur se serre. Il y a des moments comme celui-là où j'ai l'impression d'être partie sur une autre planète. Ma sœur a besoin de moi, et je ne suis pas avec elle. Impuissante, je m'empresse de taper une réponse :

Summer, tu es belle, intelligente et forte. Tu as parcouru un chemin incroyable depuis le mois d'août. Je ne crois pas t'avoir dit à quel point j'étais fière de toi... mais je le suis, vraiment. Noël sera un moment difficile à passer. Je com-prends que tu te sentes cernée par toute cette nourriture. Mais elle ne te veut aucun mal, elle n'est pas ton ennemie. Tout le monde connaît des passages à vide, même moi. Si tu crois que j'ai tourné la page du jour au lendemain, tu te trompes. Il m'arrive encore souvent d'être sur le point de craquer. Mais ce qui compte, c'est que j'essaie d'avancer. Je ne baisserai pas les bras, et toi non plus, parce que tu es une battante, Summer. Je t'aime très fort.

Après les cours, je reste à l'étude avec Tara et Ben-nie, puis nous passons une heure à traîner dans les boutiques et buvons un verre dans un café du centre commercial. Ça fait du bien de se changer les idées. Il faut que je parle à ma mère pour la prévenir des difficultés de Summer. Mais il est encore trop tôt : là-bas, tout le monde doit dormir. Bientôt, mes sœurs se prépareront pour l'école et ce sera le chaos à Tanglewood.

Cette ambiance me manque, parfois. À l'époque, il m'arrivait de m'enfermer dans ma chambre pour y échapper. C'était presque impossible de souffler entre Skye qui se fabriquait des robes dans de vieux rideaux ou écoutait du jazz sur son Gramophone, Summer qui s'entraînait aux grands jetés dans le couloir, et Coco qui nous cassait les oreilles avec son violon. Chez papa, c'est beaucoup plus calme. Il rentre rarement avant 19 heures, et la semaine dernière, il a encore fait des horaires pas possibles. Ça m'embête pour Emma, mais je ne suis pas venue m'installer à Sydney pour passer mes soirées avec la copine de mon père.

Quand je rentre à la maison un peu plus tard, Emma est en train de mettre la table et d'allumer des bougies. Papa est passé chez le traiteur indien ; il transfère le contenu des barquettes dans de jolis plats qu'il garde au chaud dans le four. Ils se sont mis sur leur trente et un : papa est en costume, et Emma a enfilé une robe en satin bleu et un collier de perles.

— Waouh ! je m'exclame. Qu'est-ce qu'on fête ?

Papa lève les yeux au ciel d'un air contrarié, comme s'il avait oublié mon existence.

— J'ai invité des clients à dîner. Ça s'est décidé à la dernière minute. On est à deux doigts de remporter le contrat, et je compte sur cette petite soirée pour achever de les convaincre. Tu ne devais pas dormir chez une copine ?

— Ça, c'était samedi. Je peux appeler à Tanglewood ? Je ne serai pas longue, promis. Je dois parler à maman, parce que je m'inquiète pour Summer…

Papa abat brusquement son poing sur la table, faisant voler les barquettes vides.

— Tu n'as rien écouté, ou quoi ? J'ai des clients très importants qui vont arriver d'une minute à l'autre. Ta sœur va parfaitement bien ! Il faut que vous arrêtiez de la ménager comme ça. Tu es à Sydney maintenant, avec moi. Coupe un peu le cordon avec ta mère, vis ta vie !

Ses mots me font l'effet d'une gifle. Je lève le menton en signe de défi.

— Donc je n'ai pas le droit d'appeler à la maison ?

— Pas sur la ligne fixe, non. Ce n'est pas le moment. Il n'y a pas d'urgence, et puis tu as un portable. Et un ordinateur dernier cri qui a moins d'une semaine. Si vraiment tu ne peux pas attendre, utilise-les. Mais je refuse que tu perturbes ce dîner en faisant toute une scène pour rien, à mes frais en plus.

Je n'en crois pas mes oreilles. Toute une scène pour rien ? Summer est sur le fil du rasoir, mais il ne s'en rend même pas compte.

Emma s'interpose pour calmer le jeu.

— Hé, hé, doucement, vous deux.

On dirait qu'elle s'adresse à des enfants de cinq ans.

— Pas de dispute ! Honey ne pensait pas ce qu'elle disait, n'est-ce pas, ma grande ? Arrête de t'inquiéter, va te faire belle, et on passera une bonne soirée...

Papa se tourne vers elle.

— Bon sang, mais je rêve ! Tu ne peux pas être sérieuse deux minutes ? Déjà que j'ai dû commander des plats à emporter parce que tu n'es pas fichue de cuisiner un repas mangeable !

— Greg ! Tu m'as prévenue au dernier moment, je n'avais pas le temps de préparer quoi que ce soit. J'ai pensé que...

— Non, tu n'as pas pensé, c'est bien le problème. Aucune de vous deux ne réfléchit jamais !

J'avais oublié les sautes d'humeur de mon père. Soudain, les souvenirs m'assaillent. Papa claquant la porte et ne rentrant pas avant des heures, voire des jours ; maman en larmes ; les crises de rage qui éclataient sans raison et nous donnaient envie de disparaître. Je recule doucement, sans rien dire, le visage tendu et le corps aux aguets. Une fois devant ma chambre, j'ouvre la porte dans mon dos. Papa me fusille du regard, mais je devance ses reproches.

— Ne t'inquiète pas, je ne sortirai pas. Je ne voudrais surtout pas gâcher ta soirée.

Emma est rouge de honte. Elle s'apprête à protester, mais papa ne lui en laisse pas l'occasion.

— Parfait, lance-t-il. À demain.

Je claque ma porte et me jette sur mon lit, tremblante de rage. Comment papa peut-il être aussi égoïste, aussi injuste ? Par le passé, ses explosions n'étaient jamais dirigées contre moi. Je ne pensais pas cela possible. J'étais sa petite chérie, sa princesse… on dirait qu'il l'a oublié.

J'entends une voiture se garer devant la maison, puis des bruits de voix, de la musique, des rires. Cette bonne humeur sonne faux.

Je rassemble mon courage et envoie un texto à maman pour vérifier qu'elle est seule. Ensuite, je me connecte sur Skype et lui rapporte le message de Summer le plus calmement possible. Elle me promet de contacter immédiatement la clinique où ma sœur est suivie pour les mettre au courant.

— Essaie de ne pas trop t'inquiéter, Honey. Ils nous ont prévenus du risque de rechute ; ça fait partie de la maladie. Merci de m'avoir alertée si vite et d'être là pour Summer quand elle a besoin de parler.

Sauf que je n'étais pas là : j'étais à des millions de kilomètres.

Une fois l'appel terminé, je laisse couler mes larmes en repensant à toutes les scènes auxquelles j'ai assisté et que j'avais enfouies dans ma mémoire au point de les oublier. Pourtant, elles étaient réelles.

Assise dans le noir, j'écoute le brouhaha des conversations du salon. Difficile d'imaginer qu'il y a à peine une demi-heure, l'atmosphère était électrique, chargée de colère et d'accusations. Encore une fois, papa a sauvé les apparences.

De : charlotte@laboîtedechocolats.com
À : Honey
Honey, je voulais juste te dire que j'ai appelé la clinique ; ils ne sont pas inquiets et vont soutenir Summer. J'ai vu que tu étais dans tous tes états, mais essaie de rester forte, pour le bien de ta sœur. Je suis heureuse qu'elle ait pu se confier à toi, et que tu aies eu l'intelligence de me mettre au courant. Tu grandis tellement vite, ma puce. Je suis contente de savoir que tu t'intègres dans ton nouveau lycée – même si évidemment, je donnerais n'importe quoi pour pouvoir te serrer dans mes bras.
Je t'embrasse très fort,
Maman

12

Le lendemain matin, papa et Emma se comportent comme si de rien n'était. Sans le parfum de vanille laissé par les bougies, les bouteilles vides et les verres étincelants de propreté dans le lave-vaisselle, je pourrais croire que j'ai rêvé. Pourtant, il y a quelque chose de trop prudent, de forcé, dans la façon dont ils se parlent. Papa en fait des tonnes, pressant des oranges et préparant des pancakes tandis qu'Emma affiche un sourire de façade.

Je sais qu'il tente de se faire pardonner. J'accepte gentiment un verre de jus d'orange frais, mais je n'arrive pas à oublier sa crise de colère. Moi aussi, je suis parfois lunatique et égoïste ; mais pas à ce point, j'espère ! Ma mère et mes sœurs avaient-elles peur de moi quand je me fâchais ? Je refuse de le croire.

Le lycée me permet de penser à autre chose. Contrôle surprise en bio, analyse d'un poème en anglais, pique-nique au soleil et discussions sur l'art de la séduction avec Tara et Bennie… Soudain, toutes ces petites choses m'apparaissent comme de précieux fragments de normalité.

Après les cours, je passe au café de la plage. Comme il y a du monde et que Ash est occupé, je m'installe dans un coin avec mes devoirs d'espagnol. Je dois rédiger une dissertation de deux pages sur « ma vie ». Je cherche quelques expressions dans le dictionnaire. Mes préférées sont *hermanastra del infierno* (« demi-sœur de l'enfer ») et *delicuente juvenil* (« délinquant juvénile »). Malheureusement, je ne suis pas certaine que le prof apprécie. Je me rabats donc sur une version épurée de l'histoire, où ma famille est heureuse et soudée, et où déménager à l'autre bout du monde est une récompense, pas une punition. Ce n'est pas complètement faux… juste un peu enjolivé.

— Tu m'écris une lettre d'amour ? m'interpelle Ash.

J'éclate de rire avant de lui expliquer de quoi il s'agit, puis j'ajoute :

— En parlant d'amour, tu as tes chances avec Tara, tu sais !

— Pas mon genre.

Il sert des cafés glacés à deux vieilles dames avant de me préparer un smoothie.

— Bennie, alors ?

— Elle est cool, mais non. Il n'y a pas d'étincelle.

— Qu'est-ce que tu es difficile… C'est quoi, ton genre ?

— Je te le dirai peut-être un jour.

Il me jette un regard plein de sous-entendus, puis détourne les yeux. Nous sourions tous les deux. Ash m'aime bien, je le sais. Et même si je ne suis pas spécialement attirée par les gentils garçons courageux, je ne peux pas m'empêcher d'avoir le cœur qui bat lorsque je le vois.

— Ce n'est pas trop dur d'être aussi loin de ta mère et de tes sœurs ? poursuit-il.

Il lit dans mes pensées, ou quoi ? Après le message de Summer, il ne pouvait pas tomber plus juste.

— Je n'aimerais pas être à ta place. Comment tu tiens le coup ?

J'ouvre la bouche, et les mots sortent tout seuls.

— Difficilement. Par moments, depuis le divorce de mes parents, j'ai l'impression d'être coupée en plusieurs morceaux, comme un puzzle. Je ne me sentirai pas bien tant que toutes les pièces ne seront pas réunies.

— Tu penses que ça arrivera un jour ?

— Ça m'étonnerait. Je suis condamnée à errer éternellement avec des pièces en moins…

— Vu d'ici, tout me semble à sa place, me rassure Ash.

— Je cache mes failles. Et puis au moins, pendant que je me tue au travail, j'oublie un peu mes soucis. Tu as une drôle d'influence sur moi, tu sais ! Je n'avais jamais autant révisé de ma vie !

Ash éclate de rire.

— Tu verras, nos efforts finiront par payer. C'est notre avenir qu'on prépare !

— Moi, j'essaie juste de garder la tête hors de l'eau. Et toi, tu as des projets ?

— Pour commencer, je vais essayer d'avoir de super notes aux examens. Ensuite, j'aimerais voyager… prendre une année sabbatique avant d'entrer à la fac. Et après, je m'inscrirai peut-être dans une école de journalisme, pour devenir correspondant de guerre… ou alors, je ferai des études pour être prof ou écrivain. Je n'ai pas encore décidé.

— Mon seul plan, c'est de tout arrêter à la première occasion. Je déteste les cours. Je dois être allergique aux règlements, aux uniformes et aux devoirs.

Ash semble étonné.

— Tu as tout le temps le nez dans un bouquin, et à ce que je vois, tu n'es pas encore couverte de boutons.

— J'ai du retard à rattraper. Je n'étais pas bonne élève chez moi, et le programme ici est différent. Je voudrais prouver que je suis capable d'y arriver. Le problème, c'est que je me lasse vite et que mon plus grand talent, c'est de faire des bêtises. Certains jours, je me sens comme un train dont les freins ont lâché. Je risque de dérailler d'une minute à l'autre…

— Métaphore ferroviaire mise à part, tu aurais envie de quoi ? S'il n'y avait pas le lycée, pas d'examens ?

Avant, j'aurais trouvé un million de réponses à cette question : fêtes jusqu'au bout de la nuit, mauvaises fréquentations, studio à Londres, succès phénoménal grâce à ma brève apparition dans un téléfilm, villa de star dans les collines de Hollywood… Oui mais voilà, rien de tout cela ne m'enthousiasme plus vraiment aujourd'hui.

— J'aime dessiner. À part les bêtises, c'est la seule chose pour laquelle je sois douée.

— Tu voudrais aller aux Beaux-Arts, du coup ?

— Tu te prends pour mon conseiller d'orientation ? On verra. Et toi, alors ? Dans quels pays comptes-tu voyager ?

— Il y en a tellement ! Le Sri Lanka, d'où ma famille est originaire, et l'Angleterre, parce que… ça a l'air cool. J'ai envie de le vérifier par moi-même !

— Évite le Somerset. C'est là-bas que j'ai grandi, et on dirait que le temps s'y est arrêté.

— À t'entendre, c'est une mauvaise chose. Moi je trouve ça génial !

— C'est vrai que Tanglewood est chouette, dans le genre calme et endormi. D'après mes sœurs, il y fait très froid en ce moment. La pelouse est gelée tous les matins !

— J'adorerais voir ça !

— Un film a été tourné près de chez nous il y a quelques mois. Il faudrait que tu le voies, ça te donnerait une idée du paysage. Coco et moi y avons fait de la figuration – on se promène en costume d'époque derrière les vrais acteurs. Il passe demain soir à la télé, et à partir de jeudi, on pourra le revoir en ligne…

— Sans blague ? Je fréquente une star de ciné ?

— Eh oui ! Je suis pleine de surprises.

Prise d'une soudaine impulsion, je lui propose d'un ton détaché :

— Si ça te dit, on pourrait le regarder ensemble.

Au même instant, une bande d'adolescentes se presse devant le comptoir et réclame une longue liste de smoothies et de glaces compliquées. Ash se dirige vers le frigo en passant une main dans ses cheveux.

— Euh… pour le film jeudi, ça ne va pas être possible. Je suis déjà pris.

Il vient de se plaindre qu'il ne se passait rien dans sa vie, et subitement, il a quelque chose de prévu ? Je n'ai pas l'habitude que les garçons repoussent mes avances. En plus, ce n'était même pas des avances. Pas exactement. Il a peut-être déjà une copine. Mes amies le trouvent craquant, et les gamines qui attendent leur commande en battant des cils semblent être du même avis.

Vexée, je me force à sourire tout en rassemblant mes affaires.

— Pas de problème. Bon. Il faut que je file, j'ai des tonnes de boulot, tu sais ce que c'est…

Ash a beau m'appeler plusieurs fois, je sors du café sans me retourner. J'ai les larmes aux yeux, et il est hors de question qu'il s'en aperçoive.

Le lendemain matin, je me réveille à 4 heures, comme si la sonnerie de mon réveil interne s'était déclenchée. J'ai beau me cacher la tête sous mon oreiller, je n'arrête pas de revoir l'air gêné de Ash et la façon dont il a détourné le regard.

J'ai été idiote de lui proposer de visionner le film avec moi. Je voulais simplement lui montrer l'endroit où j'ai grandi, et peut-être aussi, je l'admets, paraître à mon avantage dans ma belle robe, bien coiffée et bien maquillée. Voilà pourquoi il ne faut jamais s'ouvrir à personne : on finit toujours par être déçu et blessé. Pourtant, avec mon père et Shay, je devrais avoir l'habitude.

Même Riley reste silencieux. Il ne m'a pas écrit une seule fois depuis notre conversation de vendredi. Moi non plus, d'ailleurs – j'ai ma fierté. C'est même la seule chose qui me reste, avec mon ami le décalage horaire.

Je jette mon oreiller sur le côté, ignore la grosse pile de manuels scolaires qui m'attend et ouvre mon ordinateur.

Riley ? Tu es dans le coin ? Pourquoi tu ne me parles plus ?

À peine ai-je cliqué sur « envoyer » que je regrette mon geste, mais c'est trop tard : le message est parti dans les limbes de l'internet. Soudain, mon cœur fait un bond dans ma poitrine. Ma boîte de réception clignote.

Honey ? Qu'est-ce qui se passe ?

Je rougis. Il était en ligne, et il ne m'avait pas écrit, alors qu'il sait que je ne dors jamais à cette heure-ci. J'ai honte.

Rien de spécial. Je me demandais ce que tu devenais.

J'essaie de prendre un ton léger et détaché, mais je ne suis pas sûre que ça fonctionne.

J'avais du boulot pour la fac. Des devoirs à rendre, ce genre de trucs. Quoi de neuf de ton côté ?

On est à des années-lumière de nos échanges précédents. Sans en comprendre la cause, je sens l'intérêt de Riley retomber aussi vite que la mer s'éloigne à marée basse. Bennie avait raison : les relations sur les réseaux sociaux sont vouées à l'échec. Pour que ça marche, il faut se voir, se parler, rire ensemble, se tenir la main. Si Riley était en face de moi, je suis convaincue que je saurais le séduire.

Mais par écrit, c'est beaucoup plus compliqué.

Tout va bien. Je vais faire mes débuts sur le petit écran cette semaine… J'ai joué comme figurante dans un film il y a quelque temps. Il passe ce soir à la télé en Angleterre, et il sera en ligne demain. Ça fait bizarre, hein ?

Tu es actrice ? C'est génial, j'adorerais voir ça !

Je souris. La réaction de Riley, beaucoup plus enthousiaste que celle de Ash, me remonte le moral.

Et si je l'invitais, lui ? Je me sens seule, triste, rejetée depuis la dispute avec mon père et le refus de Ash. Un rendez-vous avec Riley serait le bienvenu.

Mes bonnes résolutions s'effritent au fur et à mesure que mes doigts courent sur le clavier.

Tu n'as qu'à venir à la maison, on le regardera ensemble.

Je retiens mon souffle.

Avec plaisir ! Ça serait sympa de te revoir. Je n'ai pas cours demain, donne-moi ton adresse, je te rejoindrai quand tu rentreras du lycée. Et je veux bien ton numéro de portable aussi, au cas où.

Je m'exécute, le sourire aux lèvres.

Super ! À demain, ma belle !

Je ramasse mon oreiller et le serre contre moi dans la pénombre. Ça va déjà beaucoup mieux.

De : coolcoco@laboîtedechocolats.com
À : Honey
On vient de regarder *Le Ruban rouge*, et franchement, ça ne m'étonnerait pas qu'on devienne célèbres ! Joyeux Noël et moi, on apparaît dans quelques scènes à l'arrière-plan ; mais toi, tu es filmée plusieurs fois de très près ! Trop cool, non ?
Ta collègue la star,
Coco

13

Les trente-six heures qui suivent me paraissent durer une éternité. Je n'ai jamais été du genre patiente, et mon dernier rendez-vous remonte à trop longtemps.

Tara et Bennie sont surexcitées.

— Je me suis complètement trompée, reconnaît Bennie. Ce Riley est dingue de toi !

— C'est l'alchimie, renchérit Tara.

— Tu en sais quelque chose… Elle fonctionnait plutôt bien entre Joshua et toi ce matin !

— Tu aurais été fière de moi, Honey. Je n'ai pas viré à l'écarlate. Juste au rouge clair. Mais n'écoute pas Bennie, elle est jalouse !

— Évidemment que je le suis ! Demande à Riley s'il n'a pas un copain à me présenter.

— Si tu veux !

— Il t'a écrit ce matin ?

— Oui, pour me dire qu'il avait super hâte de me voir. Moi aussi, je vous jure… il est tellement beau !

— Amène-le en ville samedi après-midi, suggère Bennie. Vous n'aurez qu'à prendre un verre dans le café où on était l'autre jour, et Tara et moi on pourrait passer par hasard… s'il est aussi canon que tu le prétends, ce n'est pas sympa de nous le cacher !

— J'aurais bien aimé regarder ce film avec vous, ajoute Tara. Mais je le visionnerai quand même pour voir si je reconnais ta sœur et pour écouter la chanson de ton ex.

— Envoie-nous un texto dès que Riley sera parti. On veut TOUS les détails. Pas de cachotterie !

— D'accord, c'est promis !

À 16 heures, je suis beaucoup moins détendue. À peine rentrée à la maison, je saute dans la douche et me dépêche d'enfiler une petite robe et une paire de tongs. Emma me prête son sèche-cheveux, puis je me maquille d'une main un peu tremblante.

— Tu es superbe, me complimente-t-elle. Je vous ai pris une pizza, des crudités à tremper dans de la sauce, et un sachet de pop-corn au caramel… Quand il arrivera, je lui dirai bonjour, puis je filerai de l'autre côté de la rue chez Josie. J'y resterai deux ou trois heures. Tu sauras où me trouver en cas de besoin. Ton père va encore rentrer très tard, donc ça ne posera pas de problème.

— Merci, Emma !

Depuis que je lui ai parlé de Riley, elle a été géniale. Elle semble sincèrement heureuse que je me fasse des amis ici. Hier soir, on a descendu le sapin de Noël du grenier et on l'a décoré avec des guirlandes lumineuses roses et des objets en verre filé. Il est si joli qu'on le croirait sorti d'un magazine. Rien à voir avec ceux de Tanglewood, tordus et perdant leurs épines sous les tonnes d'ornements dépareillés accumulés au fil des ans.

— Ton père ne serait pas très content s'il savait que tu reçois un copain ici. Si on l'écoutait, tu resterais à l'écart des garçons pendant les dix prochaines années. Mais toi et moi, on sait qu'il exagère. Tu as le droit de vivre ! Je me souviens quand j'avais ton âge… je tombais amoureuse tous les deux jours !

— Ce n'est pas mon cas. On se connaît à peine, Riley et moi. Pour l'instant, on est juste amis.

Même si j'espère secrètement que ça va changer…

— Si tu le dis. En tout cas, c'est chouette que tu t'amuses un peu. Greg est très stressé en ce moment à cause de plusieurs gros contrats. Mais une chose est sûre, il tient énormément à toi. Il n'a juste pas l'habitude d'avoir une adolescente à la maison.

Je rêve, ou Emma est en train d'excuser mon père ? Ça part sans doute d'une bonne intention, mais ça me contrarie.

— Quand je lui ai dit que tu avais invité quelqu'un, il a cru que je parlais d'une copine. J'ai préféré ne pas le détromper ! Vous n'aurez qu'à regarder le film dans le salon, ce sera plus correct.

— Ah bon ? On ne peut pas plutôt aller dans ma chambre ?

Emma me caresse le bras.

— Ce n'est pas que je n'ai pas confiance. Au contraire. Mais il vaut mieux y aller doucement. Tu l'as dit toi-même, vous vous connaissez à peine. À quelle heure doit-il arriver ?

— Il a promis de me rejoindre après les cours, sans préciser quand.

Emma sourit pendant que j'installe mon ordinateur et vérifie que le lien vers le film fonctionne. Une fois rassurée, je retape les coussins du canapé en cuir crème et verse le pop-corn dans un saladier. Qu'est-ce qu'il fabrique ?

J'ouvre SpiderWeb, mais il n'y a aucun message. Dépitée, je m'assieds et prends une poignée de pop-corn.

— Il habite de l'autre côté de la ville. Ça explique peut-être son retard.

— Où, exactement ?

— Je ne sais pas trop.

— Il vient en bus ou en train ? À moins que quelqu'un le dépose ?

— Je n'en ai aucune idée… si tu veux, va chez Josie. Je t'enverrai un texto quand il sera arrivé.

— Non, non, je vais attendre avec toi. Je ne suis pas pressée.

À 18 h 30, toujours pas de Riley. Je fais de gros efforts pour rester calme tandis que l'expression d'Emma passe de l'excitation à l'embarras, puis à la pitié. Après avoir gentiment évoqué un malentendu sur l'horaire, elle part chez son amie. Je me retrouve seule avec ma honte. Pas de message de Riley. Et comme une andouille, je ne lui ai même pas demandé son numéro. Pourquoi m'avoir promis de venir et me poser un lapin ? Est-ce qu'on se serait mal compris ? Ou a-t-il décidé de voir quelqu'un d'autre de plus intéressant que moi ?

Je n'aurais jamais dû l'inviter. Je ne l'ai rencontré qu'une fois, pendant quelques minutes. Lorsque je repense à lui, son image se confond avec celle de Shay. Nos discussions nocturnes sur SpiderWeb m'ont donné l'impression de le connaître, mais est-ce vraiment le cas ? Bennie avait raison : j'aurais dû me méfier. Je ne me sentirais pas aussi déçue maintenant.

En plus, même si je ne l'avouerai jamais à personne, je n'ai pas digéré que Ash refuse mon invitation.

Je reprends mon ordinateur.

Riley ? Qu'est-ce qui se passe ? Je me suis trompée de jour ? J'espère que tout va bien.

Je clique sur « envoyer », mais j'ai beau actualiser la page d'accueil plusieurs fois, aucune réponse ne vient.

Quand Emma rentre à 20 h 30, je prétends que Riley a annulé par texto. Elle passe son bras autour de mes épaules en me jurant qu'aucun garçon ne vaut la peine de se rendre malheureuse. Mon téléphone se met à vibrer : c'est le premier d'une longue série de messages de Tara et Bennie, pressées de savoir comment s'est déroulé le rendez-vous. Je finis par éteindre mon portable et, prétextant un mal de tête, je me réfugie dans ma chambre. Blottie sous ma couette, je contemple le plafond pendant des heures, jusqu'à ce que j'entende la voiture de papa.

Comme il ne vient pas me voir, j'ignore ce qu'Emma lui a raconté. J'ai des vertiges et le cœur lourd. J'imagine Riley buvant de la bière à une soirée étudiante ; et Ash, se promenant au clair de lune avec une autre fille.

Qu'est-ce qui cloche chez moi ? Pourquoi ne suis-je pas digne d'être aimée, pourquoi se lasse-t-on si vite de moi ? J'aimerais comprendre. Papa disait que j'étais sa fille préférée, sa princesse ; pourtant, il m'a abandonnée comme une vieille chaussette. Et la seule solution que j'ai trouvée pour supporter la douleur, c'est de la transformer en colère.

Puis j'ai parcouru la moitié de la planète pour le retrouver. J'ai travaillé d'arrache-pied dans le lycée le plus nul de l'univers, je suis restée à la maison tous les soirs, j'ai été gentille avec Emma et j'ai ravalé toutes les remarques moqueuses qui me venaient à l'esprit. Enfin, presque. J'ai vraiment fait de mon mieux, et malgré ça, papa n'a toujours pas plus de temps à me consacrer.

Cette idée m'est tellement insupportable que je ne veux plus y penser.

À minuit, je mange un bout de pizza froide devant *Le Ruban rouge* en repensant aux vacances d'été à Tanglewood. À l'époque du tournage, je croyais encore que je pouvais tout avoir. C'était avant que les choses dégénèrent. La personne que je vois à l'écran est une étrangère. Une autre version de moi-même, radieuse, fière, impertinente et pleine de répartie. Je porte plusieurs jupons, une robe en coton bleu lavande, de fausses tresses et un chapeau de paille. On dirait un fantôme surgi du passé. Aujourd'hui, mon reflet dans le miroir n'a rien de radieux ni d'impertinent. C'est celui d'une fille complètement perdue. Comment peut-on en arriver là si vite ?

Si seulement je pouvais corriger le passé, supprimer les passages dont je ne veux plus...

Le village de Kitnor est magnifique avec ses champs verdoyants, ses petits arbres tordus et ses plages de galets bordant la mer argentée. Derrière les acteurs principaux, je reconnais plusieurs visages familiers : Coco, en robe chasuble rouge, qui tire Joyeux Noël au bout d'une laisse. Et Finn, l'amour de vacances de Skye. Elle n'apparaît pas à l'image car elle aidait la costumière en coulisses ; quant à Summer, c'est à ce moment-là qu'elle est tombée malade.

Puis vient le générique de fin, accompagné de la chanson « Cœur salé » écrite par Shay en l'honneur de Cherry. Elle parle d'amour perdu et de mélancolie, ce qui correspond parfaitement à l'ambiance du film et à mon état d'esprit.

Shay m'a abandonnée, lui aussi. Je croyais qu'il serait toujours là pour moi, jusqu'à ce que ma demi-sœur me l'arrache comme elle m'a volé toute ma famille. « J'ai essayé de te rendre heureuse, m'a-t-il confié lorsqu'il a rompu. J'ai vraiment essayé. Mais je ne peux pas, Honey. Toi seule peux y arriver. Tu es belle à l'extérieur, mais sous ton masque se cache une grande tristesse. Ça te ronge comme un poison. Il faut que tu arrêtes d'être en colère, de vouloir tout détruire, d'être aussi… perdue. Moi, je ne peux plus t'aider. »

Après son départ, ce qui restait de mon cœur est tombé en morceaux.

Shay avait peut-être raison. Je dois être empoisonnée, et personne ne m'aimera jamais. Je reste éveillée une grande partie de la nuit, à tourner et me retourner dans mon lit.

SpiderWeb – Message de : BennieJ
J'espère que ta soirée s'est bien passée et que tu ne réponds pas à mes textos parce que tu es trop amoureuse et folle de joie. J'ai hâte de te voir au lycée pour connaître les détails ! Bisous.

14

Mon cerveau perturbé par le décalage horaire décide de s'endormir au moment où tout le monde se lève, et je n'entends même pas mon réveil.

Emma vient me secouer à 8 heures. Papa crie qu'il me déposera à l'école si je suis prête dans dix minutes, pas une de plus. Je saute dans la douche, enfile mon uniforme, attrape mon sac et pique un sprint jusqu'à la porte ; il est déjà en train de démarrer la voiture. Je m'aperçois que j'ai oublié mon téléphone et ma trousse, mais c'est trop tard. Je m'affale sur le siège passager et boucle ma ceinture juste à temps.

Si j'espérais profiter du trajet pour me réconcilier avec mon père après la scène de l'autre jour, c'est raté.

— La ponctualité, c'est important, Honey ! me lance-t-il. Si tu veux te simplifier la vie, il faut que tu apprennes à t'organiser et à prévoir suffisamment de marge pour tes déplacements. C'est le genre de petite chose qui fait toute la différence.

Je tente de sourire, ce qui n'est pas évident quand on se met du gloss dans un véhicule en marche.

A-t-il la moindre idée des difficultés bien plus graves que je rencontre ? *Si tu veux te simplifier la vie, choisis des parents qui restent ensemble quoi qu'il arrive, et des garçons qui ne te posent pas de lapin.*

— Désolée, je n'ai pas entendu le réveil. Mon sommeil est encore complètement décalé – j'ai dû dormir une heure cette nuit.

— Tu as une mine affreuse.

Avec un soupir, je dégaine mon anticernes.

Soudain, papa écrase le frein pour laisser passer un fourgon sorti d'une route secondaire. Le tube de maquillage m'échappe des mains. Penchée en avant, je tâtonne sous mon siège pour le retrouver. Mes doigts se referment sur un objet froid et métallique : c'est une boucle d'oreille en argent ornée d'une pierre rouge qui doit valoir une fortune. Elle appartient sûrement à Emma même si je l'ai toujours vue avec ses anneaux d'or. Je la montre à mon père en disant :

— Emma a perdu une boucle d'oreille.

Il se range le long du trottoir, à une centaine de mètres du lycée.

— Elle n'est pas à elle. C'est sans doute celle de la cliente malaisienne que nous avons emmenée dîner la semaine dernière… je vais demander qu'on la lui renvoie.

Tout au fond de ma mémoire, un souvenir enfoui depuis très longtemps se ravive. Cette histoire me rappelle quelque chose, mais je ne sais pas encore quoi.

— Honey ?

— Oh oui, pardon.

Je lui rends le bijou avant d'ajouter :

— Merci de m'avoir déposée. À plus tard !

Les heures de cours sont un véritable calvaire. Tara et Bennie me harcèlent de questions sur mon rendez-vous avec Riley. Je finis par leur avouer qu'il n'est pas venu, en essayant de tourner ça à la plaisanterie, mais mes yeux embués me trahissent. Elles me traitent alors comme un chaton blessé qu'il faut caresser, pro-téger et rassurer. J'ai envie de hurler.

Toute la journée, j'ai la tête dans du coton à cause du manque de sommeil. Sans parler de ces bribes de souvenirs qui ne cessent de remonter, me donnant l'impression de passer à côté d'un détail important. Mais je suis tellement épuisée que je n'arrive pas à mettre de l'ordre dans mes idées.

En plus, mes camarades de classe me regardent d'un drôle d'air. Pas toutes, mais quelques-unes. Comme si elles venaient de découvrir des taches de moisi sur leur sandwich.

— Vous avez vendu la mèche pour Riley ? je demande à mes amies. Parce qu'il se passe un truc bizarre…

— Bien sûr que non ! répond Bennie.

— On n'aurait jamais fait ça. Ne t'inquiète pas, les rumeurs, il y en a toujours dans ce lycée. Rien à voir avec toi.

Il n'empêche que ça me tracasse. À la fin de l'étude, deux ou trois filles de l'équipe de maths, celles qui représentent Willowbank lors des compétitions inter écoles, attendent Tara et Bennie près du portail. Elles leur proposent d'aller boire un verre au café de la plage.

— OK, dit Tara. Tu viens, Honey ?

Je préférerais rentrer chez moi et dormir pendant une semaine, mais on ne me laisse pas le temps de répondre.

Une certaine Liane, ma voisine en arts plastiques, intervient :

— Désolée. C'est réservé aux membres de l'équipe. On va discuter de notre stratégie pour le concours de Noël contre le lycée des garçons. Je sais que tu as tes propres méthodes pour les attirer, Honey, mais nous, on préfère utiliser nos cerveaux plutôt que nos charmes...

— Pardon ? Qu'est-ce que tu viens de dire ?

Liane me jette un de ces regards pleins de sous-entendus auxquels j'ai eu droit toute la journée, puis elle tourne les talons et s'éloigne avec ses amies.

— C'est quoi, leur problème ? je demande à Tara et Bennie.

— Ignore-les, me conseille Bennie. Ce sont de vraies pestes !

— Elle ne voulait sans doute pas être impolie… elle manque juste de tact ! renchérit Tara. On devrait y aller, vu que ça concerne le concours de maths. Mais viens, Honey, on se fiche de ce qu'elle a dit.

Un sentiment de malaise m'envahit, renforçant le mauvais pressentiment qui m'habite depuis le début de la journée. Quelque chose cloche. Et les paroles de Liane ont réveillé la rebelle en moi : il est hors de question que je laisse cette petite intello me dicter ma conduite.

— Je vous suis. Non mais, elle se prend pour qui ? Le café est encore ouvert à tout le monde !

Tandis que nous longeons la côte et que mes amies commentent l'attitude inadmissible de Liane, je tente d'éclaircir le mystérieux souvenir qui ne cesse de me revenir à l'esprit. *Nous sommes en voiture, non loin de Tanglewood ; nous rentrons d'un pique-nique dans les collines. Toute la famille rit et parle en même temps. Quand on arrive à la maison, Coco nous montre une boucle d'oreille qu'elle vient de trouver dans un coin de la banquette. C'est un anneau en or. Un silence pesant s'abat, et plus tard, alors que mes sœurs et moi sommes couchées, une énorme dispute éclate entre papa et maman…*

— Honey ?

Tara agite la main devant mes yeux.

— Hé ho ! Tu rêves ?

Nous sommes arrivées à Sunset Beach, près de la passerelle en bois qui mène au café.

— Je réfléchissais à de vieilles histoires. Rien d'important. Il s'est passé un truc ce matin qui a fait remonter tout ça…

— On va s'asseoir avec Liane et les autres. Viens !

— Je ne crois pas être la bienvenue. On se retrouve quand vous aurez fini, d'accord ?

— D'accord, lance Bennie. Et ne drague pas trop Ash !

— Comme si c'était mon genre !

Vu la façon dont il m'a rembarrée l'autre jour, il y a peu de chances que ça arrive. Bien que ce ne soit rien à côté du lapin de Riley. Mais ma carapace doit commencer à s'attendrir, car ces deux épisodes m'atteignent davantage que je ne le pensais. D'ailleurs, je m'étais promis de ne plus passer au café après les cours. Je cherche décidément les ennuis.

Je pose mon sac sur le comptoir. Ash est dehors, en terrasse, occupé à servir mes camarades. Elles rient, bavardent, et Liane jette un coup d'œil dans ma direction. Je lui adresse un petit salut moqueur, parce que ça me semble moins puéril que de tirer la langue, mais elle m'ignore. Ridicule.

Quand Ash m'aperçoit, son visage s'illumine. Même si ce n'est pas facile, je tente de garder mes distances. Je le préviens que ma journée a été très mauvaise et que je ne suis pas de bonne humeur.

— Tu es fâchée contre moi, j'ai l'impression. C'est parce que je n'ai pas pu venir voir ton film ? J'aurais adoré, mais c'était impossible. La famille, tu sais ce que c'est…

— Oui. D'ailleurs, si on pouvait changer de sujet, j'aimerais autant. J'ai eu ma dose.

— OK, OK ! En tout cas, je suis désolé. L'autre jour, je m'apprêtais à t'expliquer, mais j'étais débordé, il y avait un million de clients, et tu as disparu sans demander ton reste. J'ai cru que je t'avais fait peur.

— Franchement, tu es le cadet de mes soucis. Tu n'as pas envie de passer du temps avec moi ? Pas de problème. Je fais cet effet à tout le monde – même ma famille s'y met. Toi, au moins, tu as eu la gentillesse de me le dire en face.

— Pas du tout ! C'est juste que le soir, je ne suis pas disponible. Je vis avec ma sœur et son mari. Ils travaillent tous les deux à l'hôpital. Alors quand ils sont de nuit, je dois garder mes nièces et mon neveu. Ma vie se résume au lycée, à mon job ici, et au baby-sitting. Et dès que j'ai un moment de libre, je vais à la bibliothèque. À part les clients du café, je ne vois jamais personne.

— Attends… tu faisais du baby-sitting ? C'est vrai ? Ce n'était pas à cause de moi ?

— Bien sûr que non !

— Le truc, c'est que ma vie est un vrai désastre en ce moment. Et c'est toujours ma faute… Je suis un aimant à problèmes. Tout ce que je touche se brise sous mes doigts.

Ash éclate de rire et me tend la main.

— N'importe quoi ! Vas-y, essaie de me toucher, pour voir.

— Tu ne comprends pas.

— Si. Prends ma main, je te dis. Il ne se passera rien.

Il plaque sa paume contre la mienne. Ses doigts entourent fermement les miens, peau brune contre peau blanche. Et la seule chose qui se désintègre, c'est ma colère. Mon cœur bat très vite. Nous restons ainsi un long moment, les yeux dans les yeux, jusqu'à ce que je m'écarte et baisse la tête.

— J'aurai plus de temps libre pendant les vacances, reprend-il d'une voix douce. Si tu as toujours envie qu'on se voie. Et je ne crois pas que tu sois un aimant à problèmes. Au contraire.

— Tu te trompes.

— Je ne me trompe jamais.

Je souris en me demandant ce qu'un garçon gentil, sérieux et travailleur comme lui peut bien trouver à une fille comme moi. C'est un mystère.

— D'accord, alors dans ce cas, j'ai besoin de ton avis : si tu trouvais une boucle d'oreille dans la voiture de ton père et qu'il te disait qu'elle n'est pas à sa copine, mais à une cliente... tu le croirais ou pas ?

— Peut-être. Ça dépend du père.

— Sans doute. Cette histoire m'est arrivée ce matin, et ça m'a rappelé une anecdote du temps où mes parents vivaient encore ensemble. Ma petite sœur avait aussi trouvé une boucle d'oreille à l'arrière de la voiture. Il y avait eu une énorme dispute, et mes parents se sont séparés peu après.

— À cause de ça ?

— Non, enfin si, peut-être. Je ne sais pas. Mon père avait sans doute une liaison à cette époque. Je n'avais que onze ou douze ans, je n'ai pas posé de questions.

Un vieux surfeur entre dans le café et commande un sandwich complet avec jambon, fromage, salade, tomates et cornichons. Ash m'abandonne un instant pour se concentrer sur sa préparation.

— Et donc, tu crois que ton père aurait recommencé ? me demande-t-il après avoir terminé. C'est dur de voir l'histoire se répéter.

— Il rentre très tard, le soir. Et j'ai senti quelques tensions entre lui et Emma. C'est peut-être ça qui me dérange. Pourtant, j'ai l'impression de passer à côté d'un détail évident…

C'est dur de voir l'histoire se répéter. Soudain, tout s'éclaire. Papa avait bien une aventure, et c'est la raison pour laquelle maman et lui ont divorcé. Pendant des années, j'en ai voulu à ma mère alors que la vérité était sous mon nez. Je refusais simplement de la voir.

Un anneau en or dans la voiture. Identique à ceux qu'Emma porte si souvent.

J'attrape mon sac.

— Il faut que j'y aille, je lance à Ash. Dis à Tara et Bennie que j'avais une urgence…

Une fois dehors, je me mets à courir.

Vous avez 10 SMS non lus, 6 appels en absence et 2 nouveaux messages sur votre répondeur.

15

En arrivant à la maison, je me retrouve propulsée dans un univers parallèle. Un énorme bouquet de roses rouges trône sur la table de la cuisine, et Emma, toute pomponnée, porte une jolie robe et des chaussures à talons argentées.

La gentille Emma, qui m'a prise par les épaules hier soir pour me consoler. Emma, qui est sortie avec mon père et a brisé le mariage de mes parents.

— Elles sont belles, hein ? Greg adore m'offrir des fleurs. Et il a réservé dans un restaurant étoilé pour se faire pardonner ses absences répétées ! On va dîner tôt, et ensuite il m'emmènera voir un spectacle. C'est chou, non ?

— Si.

— Ça ne t'embête pas trop de rester toute seule ? Je t'ai laissé un peu d'argent au cas où tu voudrais te commander à manger. Ton père passe me prendre dans dix minutes…

— Ne t'inquiète pas pour moi. Vous êtes ensemble depuis combien de temps ?

Son sourire vacille.

— Oh, un moment… depuis sa rupture avec ta mère, je crois. Pourquoi ?

— Pour rien. Vous vous êtes rencontrés comment ?

— Eh bien, euh… on travaillait ensemble à Londres. J'étais son assistante depuis des années. On était déjà proches, et quand il s'est retrouvé célibataire, notre relation a évolué…

Sans blague.

— Après la rupture ? Tu es sûre ?

Emma devient toute rouge et évite mon regard.

— Oui, quasiment.

Elle ment, j'en suis convaincue. Tout en contemplant ses cheveux brillants remontés en chignon et ses anneaux fétiches, je me demande si elle a conscience de l'impact que peut avoir une simple boucle d'oreille égarée. Est-elle au courant de ce qui s'est passé à l'époque ? Et se doute-t-elle que c'est en train de recommencer ? Si ça se trouve, elle s'en fiche.

Certains diraient qu'elle l'a bien mérité, mais je ne n'arrive pas à la détester. Dehors, des pneus crissent sur le gravier. Papa donne un coup de Klaxon, et Emma me serre rapidement dans ses bras avant de le rejoindre.

Profitant de ma solitude, je vais chercher mon ordinateur portable et m'installe sur le canapé. J'ai une avalanche de notifications en attente. Alors que

je m'apprête à les consulter, je reçois un nouvel
e-mail.

De : coolcoco@laboîtedechocolats.com
À : Honey
Non mais à QUOI est-ce que tu joues, Honey ? Tu me fais
TROP honte ! Dépêche-toi de supprimer cette photo. Même
venant de toi, ça craint !

Les battements de mon cœur s'accélèrent. J'envoie
un texto à Coco pour lui demander de quoi elle parle.
Quelques secondes plus tard, sa réponse s'affiche sur
mon écran : « Va voir sur SpiderWeb. »

Je me connecte à ma page de profil, et d'un seul
coup, je comprends la raison de tous ces regards en
coin qu'on m'a jetés au lycée. Le post le plus récent est
une photo de moi prise lors d'une soirée au prin-
temps dernier. Je suis penchée vers la caméra avec une
moue provocante et un décolleté bien trop plongeant.
Mais le pire, c'est le statut qui l'accompagne :

Je m'ennuie... les lycées pour filles, c'est nul. Il n'y aurait
pas un mec mignon dans le coin pour me changer les idées ?

Au-dessous, dans des dizaines de commentaires,
mes camarades de classe me traitent de tous les noms.
Des garçons que je ne connais pas et même des
hommes me proposent, dans des termes sordides et
pervers, de m'aider à vaincre mon ennui.

Au milieu de tout ça, un message attire mon attention. Il vient de Surfie16 :

Maintenant je regrette de ne pas être passé hier soir ! On dirait que le film n'était qu'un prétexte…

Les larmes me montent aux yeux. Comment ai-je pu me tromper à ce point sur Riley ?

Le pire, c'est que je ne connais pas la moitié de ces gens… la plupart ne font pas partie de ma liste d'amis. Quant à la photo, elle se trouvait dans les archives de mon smartphone. Lorsque j'ai eu mon ordinateur, j'ai transféré le contenu de la galerie dans un album en ligne. Mais j'avais réglé les paramètres de confidentialité pour que personne n'y ait accès. Et puisque je n'ai jamais publié ce cliché, comment a-t-il atterri là ?

Je clique sur « Supprimer » ; aussitôt, photo et commentaires disparaissent.

Pas étonnant qu'on m'ait regardée de travers au lycée. Et que Liane ait parlé de mes « charmes ». Même ma petite sœur a vu ça… cette idée me rend malade. Je ferme les yeux pour essayer de reprendre mes esprits. Quand je les rouvre, j'ai un nouveau message de Surfie16 dans ma boîte de réception privée.

Hé, pourquoi as-tu effacé la photo ? Je l'aimais bien ! Tu t'ennuies toujours ? Je parie que je pourrais te redonner le sourire !

J'essuie mes larmes d'un geste rageur avant de répondre :

Ce n'est pas moi qui l'ai publiée ! Je n'ai aucune idée de ce qu'elle faisait là !

Hum, elle n'est pas apparue toute seule, hein ? Tu avais bu ou quoi ? Je te manquais ? ;-)

Je serre les dents.

Non. Je n'avais rien bu, et je ne l'ai pas postée. Arrête d'être aussi lourd, Riley !

Ce n'est pas la peine de t'en prendre à moi. OK, je t'ai posé un lapin – mille excuses. Mais ce n'est qu'une photo, il n'y a pas de quoi en faire un drame.

Il est idiot, ou quoi ?

Elle était dans un dossier privé. Je ne comprends pas comment quelqu'un a pu y avoir accès, et encore moins la publier. Tous ces commentaires, c'est horrible... Les filles de mon lycée me prennent pour une traînée, et je ne connais même pas tous ces types. Je crois que mon compte a été piraté !

Vérifie tes paramètres de sécurité. S'ils sont mal réglés, les amis de tes amis peuvent voir ce que tu publies et commenter.

Je suis certaine d'avoir sélectionné des réglages stricts en créant mon profil ; pourtant, quand je vais voir, je m'aperçois que mes publications sont réglées sur « Public », donc accessibles à n'importe qui. Je m'empresse de corriger cela pour que seuls mes « amis » puissent les voir, avant d'aller contrôler les albums photo. Et là encore, je constate qu'ils sont ouverts à tout le monde ! Horrifiée, j'augmente la sécurité au maximum et clique sur « Enregistrer ».

Je demande à Riley :

Mes paramètres avaient été modifiés. Comment est-ce possible ?

Tu as dû te tromper au départ. Je comprends que tu aies voulu attirer l'attention, mais tu aurais dû réfléchir avant de publier une photo pareille.

Exaspérée, je réplique :

Mais je ne l'ai PAS publiée ! Pourquoi tu ne me crois pas ?

Pas de réponse.

SpiderWeb – Message de : BennieJ
Je voulais te prévenir que Liane a raconté pas mal de saletés sur toi au café. Une histoire de photo sur SpiderWeb, je crois. Mais quand elle a voulu nous la montrer, elle n'y était pas, alors si ça se trouve elle a tout inventé. Ash nous a dit que tu avais dû partir en urgence. J'espère que tout va bien.
Bisous.

16

Je mets une éternité à tout expliquer à Tara et Bennie. Par chance, ni l'une ni l'autre n'a vu la photo, et personne n'avait encore eu le temps de la partager avant que je l'efface. Mais Liane, cette peste, s'est fait un plaisir de la leur décrire dans les moindres détails.

— Fais attention à ce que tu mets sur SpiderWeb, me conseille Bennie quand nous nous retrouvons en ville le samedi après-midi.

Pour la millionième fois, je lui répète :

— Ce n'est pas moi qui l'ai postée ! J'ignore comment elle est arrivée là ; je n'y suis pour rien.

Tara fronce les sourcils.

— Tu ne connaissais pas cette photo ?

— Si, mais elle date de ma vie d'avant. Elle a été prise lors d'une fête en avril ou mai dernier. Je faisais l'andouille, et quelqu'un m'a photographiée avec mon smartphone. Je l'avais rangée dans un album privé sur SpiderWeb ; je ne comptais la montrer à personne. Et je n'aurais jamais rédigé un statut pareil !

— Quand je pense à tous ces pervers qui se sont empressés de commenter… Beurk.

145

— Liane et d'autres filles du lycée ne se sont pas gênées non plus. J'ai dû perdre quelques copines au passage.

— Si elles te jugent uniquement à cause d'une erreur stupide, franchement…

— Ce n'était pas une erreur ! J'ai été piratée !

— Oui, enfin bref, reprend Tara. Elles n'étaient pas obligées d'en rajouter. Relève la tête et fais comme si de rien n'était. Les scandales de ce genre ne manquent pas à Willowbank. Au prochain trimestre, tout le monde l'aura oublié.

J'en doute. Depuis hier, cinq ou six filles m'ont déjà supprimée de leur liste d'amis. Finie l'époque où je leur semblais cool et exotique.

— Nous, on est de ton côté, insiste Tara. Bennie t'a défendue quand Liane s'en est prise à toi. On a même décidé de quitter l'équipe de maths le temps qu'elle se calme. L'amitié, c'est plus important que les compétitions.

Je souris, touchée par leur loyauté.

— Tu penses sincèrement avoir été piratée ? m'interroge Bennie. Si tu avais publié cette photo parce que tu déprimais à cause de Riley ou je ne sais quoi… on comprendrait, tu sais. Ça arrive à tout le monde de déraper.

— Dans mon cas, ce ne serait pas la première fois. Mais je te jure que non. Et je ne vois pas qui a pu faire ça…

Elle réfléchit.

— Qui d'autre a eu accès à ton ordinateur ? Ou à ton téléphone ?

— Juste vous deux, le soir où on a dormi chez Tara. Il y a aussi mon père et Emma, bien sûr, mais ça ne peut pas être eux. Par contre, j'ai toujours mon smartphone sur moi, au lycée, au café de la plage...

— Ash est un mec bien. Je suis certaine qu'il n'y est pour rien, décrète Tara.

— Et nous non plus. J'espère que tu nous crois.

— Peut-être une fille du lycée, alors. Mais je n'ai jamais quitté mon portable des yeux !

Plus j'y pense, plus il me semble évident que le coupable est quelqu'un que je connais. Ça me fait froid dans le dos.

Je compte les jours me séparant encore des vacances de Noël. Il règne une ambiance glaciale au lycée. Même si la photo n'a pas été vue par trop de monde, Liane s'est assurée que toutes les filles soient au courant et se fassent une mauvaise opinion de moi.

Le mardi, je me retrouve à côté d'elle en arts plastiques. En ce moment, nous travaillons sur des autoportraits. Nous observons notre reflet dans un miroir, puis nous le reproduisons sur une feuille. Nos places nous ont été attribuées, je n'ai aucun moyen d'en changer. Alors je rassemble toute ma volonté et regarde droit devant moi, comme si Liane n'existait pas.

Vers le milieu du cours, je suis en train de reproduire de mon mieux les reflets de la lumière sur mes cheveux quand Miss Kelly vient observer mon travail. Je m'interromps, le pinceau en l'air.

— Tu as déjà peint à l'acrylique, Honey ?

— Non, pourquoi ? Je m'y prends mal ?

— Au contraire ! Ton portrait est très expressif, très fort... je suis impressionnée. Le regard, surtout ; triste, vulnérable, perdu.

J'accuse le choc. Est-ce cela que les gens voient lorsqu'ils regardent mon tableau ? Mes failles sont-elles si évidentes ?

— Donc, tu n'as pas d'acrylique chez toi ?

— Non, mademoiselle.

— Je t'en prêterai pour les vacances. Tu devrais continuer sur cette voie, Honey. Pourquoi pas peindre ta famille ? Tu pourrais profiter de l'été pour réaliser une série de portraits, et l'inclure ensuite dans ton projet de fin d'études.

Ma famille ? Et puis quoi encore ?

— Je ne peux pas plutôt choisir un sujet moins... personnel ?

Miss Kelly se met à rire.

— C'est souvent en fouillant dans son expérience personnelle, aussi pénible que ce soit, qu'on obtient les plus beaux résultats, tu sais.

Je voudrais protester, mais aucun mot ne sort de ma bouche. Miss Kelly passe à une autre élève.

C'est la prof que je préfère à Willowbank. Elle est douce, gentille, encourageante. Mais si elle connaissait mon histoire, elle ne m'inciterait jamais à puiser dans mon expérience. Le mariage de mes parents, brisé par la femme qui m'a accueillie à Sydney; Cherry, ma demi-sœur voleuse de petit ami; Paddy et son optimisme écœurant; et même papa, ses absences, ses rendez-vous et ses secrets. Consacrer un projet d'art à ma famille me ferait trop mal.

Évidemment, Miss Kelly ne s'en doute pas une seconde, puisque papa a gommé les problèmes, plâtré les fissures et inventé une jolie histoire pour expliquer mon arrivée en Australie.

Puisqu'elle veut que je m'inspire de mes proches, je vais le faire. Mais ça ne ressemblera pas aux portraits lisses qu'elle imagine sans doute. Dans le miroir, mon regard lance des éclairs.

Tant mieux. Je me préfère comme ça.

Mais en me tournant vers mon tableau, je comprends soudain de quoi elle parlait. Mes grands yeux bleus semblent refléter toute la douleur du monde. J'ai l'impression de me retrouver nue en pleine rue.

— Qu'est-ce qui se passe, Honey? me lance Liane d'une voix mielleuse. Les portraits de famille, ce n'est pas ton truc? En même temps, ça ne m'étonne pas. La seule chose que tu aimes mettre en scène, c'est toi! Et si possible dans une tenue provocante…

La colère monte en moi comme un raz-de-marée. D'un geste brusque, je renverse le pot destiné à rincer les pinceaux, éclaboussant mon tableau et Liane qui se lève d'un bond et se met à crier. J'arrache la feuille détrempée de mon chevalet, comme pour la protéger du désastre – alors qu'en réalité, mon intention est tout autre. Le temps que Miss Kelly se retourne, le portrait est déjà déchiré en deux.

— Liane ! Qu'est-ce que tu as fait ?

— Rien du tout ! C'était Honey ! Elle a mis de l'eau partout et détruit son tableau. Elle est folle !

— J'ai du mal à croire qu'elle saccage ainsi son propre travail.

Le professeur se précipite pour m'aider, mais c'est trop tard. J'ai roulé en boule ce qui restait de mon autoportrait et l'ai jeté à la poubelle.

— Honey ! Ton beau tableau !

— C'était un accident, je gémis en essuyant une larme imaginaire. Liane était furieuse parce que j'avais renversé un peu d'eau… je suis sûre qu'elle ne l'a pas fait exprès.

— N'importe quoi ! proteste Liane.

Même ses amies n'ont pas l'air convaincues. Elle ne m'aime pas, c'est évident. Du coup, elle passe pour la fille jalouse et méchante, et moi pour la victime au grand cœur.

Liane me fusille du regard, mais je me contente

de lui sourire gentiment en m'excusant d'avoir taché sa robe.

Dommage qu'il n'y ait pas de cours de théâtre à Willowbank. Je serais première de la classe.

Après les cours, perchée sur un tabouret dans le café de la plage, j'avoue tout à Ash.

— Elle aurait fini chez Birdie si je n'avais pas insisté. J'ai cru qu'elle allait exploser de rage. Ça lui apprendra à me chercher. Tu vois, je t'avais prévenu que j'étais mauvaise.

Il hausse un sourcil.

— D'après ce que tu me racontes, elle l'a bien mérité. Ce n'était pas très sympa de répandre des rumeurs dans ton dos. Mais tu es la plus à plaindre dans l'histoire. Pourquoi avoir détruit ton tableau ?

Parce que Miss Kelly a trouvé que j'avais l'air triste, vulnérable et perdue. Et je ne tiens pas à ce que ça se sache.

— Je ne l'aimais pas.

Ash secoue la tête. Il est en train de me préparer une coupe glacée avec des fraises, des morceaux de pêche et des tonnes de glace. D'après lui, j'ai besoin d'un remontant. Il parsème le tout de noisettes concassées, de vermicelles en sucre et de coulis de fruits rouges, avant d'y piquer un petit parasol en papier.

— Ça devrait te redonner le sourire. Cadeau de la maison, bien sûr.

— Il faut que tu arrêtes de m'offrir des glaces. Tu vas te faire remonter les bretelles par ton patron !

— Je les déduis de ma paie. Tu les mérites.

— Tu me connais mal. La plupart des gens ne seraient pas d'accord avec toi.

— Je ne suis pas la plupart des gens. Et puis j'ai vu ce qui arrive quand on te contrarie, alors je préfère t'avoir dans la poche !

Je soupire. C'est vrai, Ash n'est pas comme les autres. J'ai beau l'avoir rencontré depuis peu, je me sens plus proche de lui que de n'importe qui à Sydney, même de mon père. Mais puis-je pour autant lui faire confiance ? Ou serait-il capable de pirater mon téléphone pour publier des photos et des commentaires douteux sur mon profil ? Même si ça m'étonnerait, je n'ai aucun moyen d'en être sûre.

Il pousse la coupe vers moi.

— Qu'est-ce qu'il y a ? C'est toujours cette Liane qui te tracasse ?

— Elle et le reste. La maison, les cours… La moitié du lycée me regarde de travers à cause de cette fichue photo sur SpiderWeb. Heureusement que tu n'es pas dans ma liste d'amis…

— Je ne suis pas sur SpiderWeb.

— Ah bon ? C'est rare, de nos jours !

— Eh oui. Je n'ai pas d'ordinateur portable, ni de smartphone, juste un vieux PC que je partage avec toute la famille. Je dois le réserver à l'avance quand j'en ai besoin pour travailler, alors SpiderWeb... aucune chance.

— Tu pourrais changer de téléphone, si tu voulais. Tu passes ton temps ici, tu dois avoir pas mal d'argent de côté.

— J'économise pour me payer un billet d'avion, n'oublie pas ! Je préfère profiter de la vie plutôt que d'espionner celle des autres sur Internet.

Il n'y a pas si longtemps, moi aussi je préférais faire la fête que traîner sur le Web. Les choses ont bien changé.

— Pour moi, c'est surtout un moyen de rester en contact avec mes sœurs. Et avec mes amis.

Qui ne sont d'ailleurs pas si nombreux.

— Cool. Et sinon tu acceptes les demandes d'amis non virtuelles ? De la part de garçons très doués pour préparer les glaces, par exemple ?

— Possible !

— J'espère qu'on se verra pendant les vacances. J'aurai des horaires différents, mais je serai ici presque tous les jours.

Je sens que je vais venir souvent, moi aussi...

Mon téléphone vibre. C'est un texto de Summer.

Coucou, je voulais te prévenir qu'on a reçu ton colis hier... youhou ! On a posé les cadeaux sous le sapin.

Coco a tellement tripoté le sien que j'ai dû réparer le paquet avec du Scotch. Sinon j'ai recommencé à manger un peu.

Gros bisous, grande sœur.

17

Avant, quand je chantais dans la rue pour Noël avec la chorale de mon lycée, j'avais du mal à tenir la partition entre mes doigts gelés. Je n'aurais jamais cru que je risquerais un jour l'insolation en entonnant *Mon beau sapin* avec mes camarades. Il faut un début à tout !

Les vacances démarrent enfin, et je tente de me mettre dans l'ambiance des fêtes. Je suspends des guirlandes autour de la terrasse, décore la maison avec des cartes de Père Noël surfeurs, de traîneaux tirés par des kangourous et de koalas coiffés de bois de renne. C'est un peu surréaliste. Je propose à Emma de lui apprendre à préparer des tartelettes et du *Christmas pudding* ; on passe un bon moment, mais le parfum des fruits et des épices m'emplit de nostalgie.

Le facteur apporte un colis à mon nom recouvert d'autocollants colorés ; à l'intérieur, je découvre une pile de cadeaux enveloppés de papier blanc. Je reconnais l'écriture de mes sœurs sur les étiquettes, m'interdisant de les ouvrir avant notre rendez-vous sur Skype le jour de Noël. Soudain, j'ai la gorge qui se noue.

Le 23, Bennie m'invite à dormir chez elle avec Tara. Nous regardons des films romantiques et nous nous échangeons des paquets à ouvrir le jour J. Ensuite, nous discutons plage et stratégie de séduction. Enthousiaste, je déclare :

— On a tout le mois de janvier devant nous. Ça va être super !

— À ce sujet… intervient Tara. Je ne savais pas comment vous le dire, mais mon père m'emmène passer quinze jours dans le nord. Ensuite il y aura le mariage de ma tante Lisa à Brisbane. Je suis contente, mais ça veut dire qu'on ne se verra pas… et que je ne rencontrerai pas de garçons avec vous !

— On en aura plus pour nous, la taquine Bennie.

Malgré cette mauvaise nouvelle, je suis impatiente de voir ce que les vacances me réservent. Tant pis pour la promesse faite à mon père – une histoire d'amour, c'est exactement ce dont j'ai besoin en ce moment. Avant de m'endormir, ce n'est pas à Riley, à son look de surfeur et à ses messages ambigus que je pense. Mais à Ash, avec ses piles de livres, son sourire et son regard franc. Je ne l'ai quasiment pas vu depuis le début des congés – je ne comprends rien à ses nouveaux horaires. Et je me rends compte qu'il me manque.

L'année dernière, c'est Coco qui m'a réveillée le matin de Noël en sautant comme une folle sur mon lit. Cette fois, les choses sont très différentes. Pas de beau-père pénible jouant des airs ringards sur son violon, pas de petites sœurs aux yeux bouffis mangeant des clémentines autour du feu, pas de bas de laine pleins à craquer suspendus à la cheminée. Juste une maison endormie et le souffle de ma respiration.

Où sont les aboiements du chien et le bruit des emballages qu'on déchire ? Où sont les petits cadeaux idiots mais qui font tellement plaisir ? Que font mes sœurs en ce moment ? Maman a dit qu'ils n'avaient pas le courage d'organiser la grande fête habituelle pour le réveillon. Les derniers mois ont été trop intenses à l'atelier. Et de toute façon, ce serait difficile pour Summer.

Sont-ils descendus au village assister à un concert de Noël ? Ou ont-ils regardé *La vie est belle*, ce vieux film en noir en blanc que maman aime tant ? Ont-ils préparé une tartelette et un verre de whisky pour le Père Noël, ainsi que des carottes pour ses rennes ? Ici, à Sydney, il est 5 h 05 du matin, mais là-bas c'est encore le soir. Je me sens comme une voyageuse de l'espace égarée loin de chez moi.

J'ouvre mon portable et me connecte à SpiderWeb. J'ai plusieurs notifications et, à ma grande surprise, un message de Surfie16.

Salut, désolé de t'avoir un peu négligée ces derniers temps. J'ai eu pas mal de choses à gérer. Je suis rentré chez mes parents pour Noël, mais on pourrait se voir à mon retour, qu'est-ce que tu en dis ?

Cette proposition m'aurait remplie de joie il y a encore dix jours, mais ça ne me fait plus ni chaud ni froid. Je me suis trompée sur Riley. Il ne vaut pas mieux que les autres avec ses messages déstabilisants. Je clique sur « Supprimer ».

Mes sœurs ont posté des photos sur mon mur : la petite fée de maman perchée en haut du sapin, les bas sur la cheminée, Coconut le poney avec une branche de gui entre les oreilles. Même Cherry m'a envoyé un cliché du grand miroir du salon, décoré de branchages et de pommes de pin. Au milieu, quelqu'un a écrit « Tu nous manques, Honey » avec du rouge à lèvres.

Je suis touchée qu'elles aient pensé à moi et me souhaitent un Joyeux Noël en avance. Y a-t-il du givre sur les arbres ? Est-ce qu'il neige ? Ici, la chaleur m'enveloppe déjà comme une couverture de laine.

Après avoir répondu à mes sœurs, je prends une douche et m'habille. Papa m'a donné de l'argent pour que je m'achète un cadeau. Je suis allée faire les boutiques avec Emma et j'ai choisi une jolie robe ainsi que du matériel de dessin. Je sors mon bloc de papier et ma palette toute neuve, puis m'installe devant le miroir pour commencer un nouvel autoportrait. Une fille fantomatique apparaît peu à peu sur le papier. Il manque des morceaux, comme des pièces de puzzle, sur son corps et son visage. Elle paraît fragile, mais son regard est fier.

— Honey ! Petit déjeuner !

Je range mes affaires avant de rejoindre Emma dans la cuisine. Papa, en pyjama et bonnet de Père Noël, est en train de préparer des bagels au saumon fumé.

— Joyeux Noël, princesse !

— Joyeux Noël, papa. Joyeux Noël, Emma !

Je leur distribue leurs cadeaux – le coffret DVD d'une série policière pour papa et un assortiment de produits de beauté pour Emma. Entre mon ordinateur portable, ma robe et le matériel de dessin, j'ai déjà été très gâtée, mais je donnerais n'importe quoi pour un bas rempli de pièces en chocolat et de clémentines. Chez mon père, Noël est beaucoup plus sage, plus adulte qu'à Tanglewood.

J'ouvre les paquets de Tara et Bennie : un joli carnet, et un porte-monnaie en forme de chouette. Le genre de choses que j'aurais adorées quand j'avais douze ans. Pourtant, je suis étrangement émue. Jusqu'ici, mes « amis » ne m'offraient que des cigarettes, du cidre et des invitations à des fêtes.

Le téléphone du salon sonne. Je me précipite pour décrocher, dans l'espoir que ce soit maman ou mes sœurs. Mais au bout du fil, il n'y a que le silence.

— Allô ? Qui est à l'appareil ? C'est toi, Coco ? Arrête !

On raccroche.

— C'était qui ? m'interroge Emma.

— Personne. J'ai cru que c'était maman, mais ce serait bizarre. Pour l'instant, elle doit encore dormir. Et on a rendez-vous sur Skype à 20 heures.

— Sans doute un faux numéro, conclut papa.

Emma prend un air pincé.

— Le jour de Noël ! Je rêve !

Je vois bien que ce coup de fil anonyme la perturbe, elle aussi. Plus tard, nous préparons un pique-nique de viande froide et de salades composées achetées chez le traiteur. Emma glisse une bouteille de champagne et une brique de jus d'orange dans une glacière, ainsi qu'un carton contenant une charlotte aux fraises. Nos tartelettes ont toutes été mangées depuis longtemps. Hier soir, j'ai mis la dernière touche au *Christmas pudding* en le recouvrant de pâte d'amandes et de glaçage blanc, comme maman me l'a appris. J'en coupe plusieurs parts que j'enveloppe dans du papier aluminium.

— Tu peux aller voir si ton père est prêt ? me demande Emma.

Je m'approche de la porte vitrée. Papa est au téléphone près de la piscine. Je sors la tête pour essayer de distinguer quelques mots.

— Je sais, je sais… C'est dur pour moi aussi. Mais je t'ai déjà dit de ne jamais appeler sur le fixe ! Qu'est-ce que tu cherches, au juste ?

Un sentiment de malaise m'envahit. Je me réfugie dans la fraîcheur de la maison et annonce à Emma, tout sourire :

— Il arrive dans une minute.

Nous prenons la voiture car nous n'allons pas à Sunset Beach mais sur une autre plage, plus éloignée.

Des guirlandes sont suspendues au-dessus des dunes, d'énormes haut-parleurs diffusent des chants de Noël et un sapin gigantesque est dressé à côté de la scène sur laquelle se tiendra un concert dans la soirée.

Les dunes sont bondées. Certaines familles ont apporté des sapins miniatures, et l'air embaume du parfum des grillades provenant des dizaines de barbecues jetables. Je repère un groupe de filles de mon âge qui jouent au volley, en bikini rouge bordé de fourrure blanche. Des garçons plus âgés sont rassemblés au bord de l'eau avec leurs planches de surf. Tout le monde porte des bonnets, de fausses barbes, des bois de renne ou des guirlandes autour du cou.

— Génial, non ? commente Emma. Je savais que ça te plairait. C'est tellement vivant, tellement différent de ce qu'on connaît en Angleterre !

— Incroyable !

Il n'y a pas si longtemps, j'aurais été fascinée par ce spectacle. J'aurais demandé à intégrer l'équipe des filles en bikini, je serais allée discuter avec les surfeurs, j'aurais assisté au concert, puis terminé la nuit dans une fête. Au lieu de ça, je reste là, cachée derrière mes lunettes de soleil et mon grand chapeau, un sourire figé aux lèvres. Je me sens vide, comme si j'avais laissé une part de moi à l'aéroport d'Heathrow.

Je mange, je ris, je dis ce qu'on attend de moi. Je me tartine de crème solaire et m'étends sur le sable, en buvant du champagne mélangé à du jus d'orange. Personne ne touche à mon pudding. Quand je le goûte, je m'aperçois qu'il est dense et pâteux. J'ai dû oublier un ingrédient essentiel ou le faire cuire trop longtemps. Abandonné sur une assiette en plastique coloré, il se dessèche au soleil.

Au bout d'un moment, lassée et mourant de chaud, je vais piquer une tête dans la mer. Je nage d'un drapeau à l'autre jusqu'à en avoir mal aux bras. Lorsque je regagne la rive, je constate que je suis très loin de mon point de départ.

Alors que je traverse la plage pour rejoindre papa et Emma, deux garçons aux pieds couverts de sable me dépassent en riant, leurs planches sous le bras. Un troisième ferme la marche. Il est blond, bronzé, musclé, aussi beau que dans mon souvenir… Riley. C'est bien la dernière personne que j'ai envie de voir.

Quand il me reconnaît, il semble surpris et un peu gêné. Je lance :

— Salut. Je croyais que tu étais rentré chez toi pour les fêtes ?

— Chez moi ? Mais je suis chez moi. Je suis né et j'ai grandi à Sydney. On s'est déjà rencontrés, non ? Désolé, j'ai oublié ton prénom…

Je lève les yeux au ciel. Je sais qu'il aime jouer, mais là, c'est ridicule.

— Je m'appelle Honey. On s'est vus en novembre à Sunset Beach. Tu as ramassé mon carnet de croquis…

— Ah oui ! Je t'ai invitée à une fête, et tu as refusé d'y venir. Ce qui n'était pas plus mal, vu que tu as quoi, quatorze ans, un truc comme ça ?

— Quinze. Mais si ça te dérangeait à ce point, tu ne m'aurais pas ajoutée sur SpiderWeb.

Riley fronce les sourcils.

— Euh… c'est de l'humour anglais ? Je ne t'ai jamais contactée sur SpiderWeb… désolé.

Je frissonne malgré la chaleur. Soit Riley est un excellent acteur, soit il dit la vérité. Et aussi vexant que ce soit, son ennui et son regard indifférent ne semblent pas feints.

— Bon, bah joyeux Noël, conclut-il. C'était sympa de te revoir, Honey. Faut que je file.

Il rejoint ses copains en courant.

Si je comprends bien, le garçon auquel je viens de parler n'est pas celui qui m'a envoyé des messages charmeurs à 5 heures du matin pendant des semaines. Mais si Surfie16 n'est pas Riley… qui est-ce ?

Nous quittons la plage en fin d'après-midi, avant le début du concert. Je m'en moque. Papa et Emma sont invités à un cocktail organisé par un client. Papa m'assure que ce sera sûrement guindé et extrêmement ennuyeux. Saisissant le sous-entendu, je réponds que je préfère rester à la maison. Malgré tout, Emma a des scrupules.

— Tu es sûre que tu ne veux pas venir ?

Elle est très élégante dans la robe en mousseline de soie qu'elle vient d'enfiler.

— Je m'en veux de t'abandonner le soir de Noël.

— Ça va aller. Maman et les filles doivent appeler à 20 heures… je ne raterais ce rendez-vous pour rien au monde !

Papa me dit de leur souhaiter un joyeux Noël de sa part. Quand je lui propose de rester une demi-heure de plus pour leur parler, j'ai l'impression d'avoir sorti une énormité.

— On ne peut pas être en retard. Ce serait très impoli, surtout que Nielson est un allié important. Il pourrait nous rapporter beaucoup de contrats cette année.

Je rêve, ou il fait passer son travail avant sa famille même le jour de Noël ?

Avant que j'aie le temps de protester, il dépose un baiser sur ma tête et entraîne Emma vers la voiture. Je réprime de justesse une furieuse envie de lui balancer le reste de pudding à la figure. Il est tellement compact que ça risquerait de lui faire mal.

Une fois seule, je me connecte une fois de plus sur SpiderWeb. En relisant les messages de Surfie16, je me rends compte qu'il est resté très vague quand je le questionnais sur l'université ou son quartier. Et dès que j'évoquais le jour de notre rencontre, il changeait de sujet. J'étais persuadée que c'était Riley, et il est entré dans mon jeu. Sa page de profil ne donne aucune indication sur son identité. Ça pourrait être un homme d'âge mûr qui s'amuse à draguer des lycéennes… cette idée me fait froid dans le dos. Soudain, je me rappelle que je lui ai donné mon adresse et mon numéro de téléphone.

La nausée m'envahit.

Je me rends dans ma liste d'amis, sélectionne son nom et appuie sur « Supprimer ». Je me sens tout de suite beaucoup mieux. Je l'ai échappé belle, et j'ai compris la leçon : dorénavant, je ne prendrai plus le moindre risque sur Internet.

Quelques minutes plus tard, la mélodie familière signalant un appel sur Skype retentit. Les visages de maman, Summer, Skye, Coco, Cherry et même Paddy apparaissent, massés devant la webcam. Aussitôt, mes pensées sombres s'évanouissent. C'est enfin Noël ! Je les regarde ouvrir mes cadeaux, puis c'est mon tour d'aller chercher leurs paquets. Je découvre une jolie robe hippie chic, un kit pour fabriquer des bijoux, une pince à cheveux ornée de plumes… et, pour ma plus grande joie, les petites surprises qui contribuent à la magie de Noël. Il y a une boule à neige, du gloss au chocolat, un livre de mon auteur préféré et un poisson qui prédit l'avenir. Lorsque je le pose sur ma paume, il se recroqueville, ce qui est censé annoncer le grand amour. Ça, j'en doute…

Nous discutons pendant une heure, puis maman et Paddy nous laissent pour préparer le repas. Coco me demande où est papa. Je réponds qu'il est sorti mais qu'il leur souhaite un joyeux Noël.

— Il vous a envoyé des cadeaux, non ?

— Juste des chèques, murmure Summer.

— Et sinon tu as su qui avait piraté ton compte SpiderWeb ? reprend Coco.

— Pas exactement, mais j'ai découvert que mes paramètres de confidentialité avaient été modifiés… et disons que je n'ai pas que des amis sur Internet. Ça ne devrait pas se reproduire.

Quand l'appel se termine, je respire. Ça n'a pas été facile. Je n'ai pas pleuré, je ne me suis pas effondrée, je ne leur ai pas avoué que la fête à la plage ne valait rien à côté du brouhaha merveilleux de Tanglewood. Je ne leur ai pas dit que je ne rêvais que d'une chose : être là-bas avec eux.

Je remarque un dernier paquet caché sous les emballages déchirés. Il contient une boîte de chocolats de Paddy. Six Cœurs Vanille qui n'ont pas beaucoup apprécié le voyage – fondus, collants, immangeables.

SpiderWeb – Journal intime de CœurVanille
1er janvier, 5 heures

Mes bonnes résolutions :
- Tenir un journal sur SpiderWeb (c'est parti !).
- Profiter à fond de mon séjour en Australie.
- Faire du sport ; bronzer ; ne plus avoir le mal du pays.
- Peindre plus souvent.
- M'amuser davantage.
- Arrêter de me réveiller à 5 heures du matin.

18

Hier soir, pour le réveillon du 31 décembre, papa et Emma m'ont emmenée dans un restaurant chic. Puis nous sommes allés à une soirée organisée sur un bateau par un énième client de mon père. Nous avons levé l'ancre et fait un tour dans la baie. Ça aurait pu être chouette si toutes les personnes à bord n'avaient pas eu au moins dix ans de plus que moi. À minuit, le plus beau feu d'artifice que j'aie jamais vu a illuminé le ciel. Ensuite, un vieux bonhomme a essayé de m'embrasser, et j'ai dû m'enfermer dans les toilettes pour lui échapper.

Aujourd'hui, j'attaque mon projet d'arts plastiques. J'ai demandé à maman de scanner et de m'envoyer par e-mail des photos de famille, des bulletins scolaires et de vieilles lettres. Je m'en suis servie pour réaliser des montages par-dessus lesquels je peins des auto-portraits. Le résultat est intéressant : on dirait que je porte mon passé à même la peau.

C'est pour cette raison que j'ai décidé de tenir un journal. Ce projet m'a fait réfléchir à mon passé et à mon avenir, et formuler mes idées par écrit m'aidera peut-être à y voir plus clair. Bien sûr, je n'ai pas l'intention de partager ces réflexions avec qui que ce soit. Je vérifie donc plusieurs fois que cette section de mon profil n'est accessible qu'à moi.

Maman et moi, nous nous sommes parlé rapidement au téléphone à mon retour de la fête, et maintenant que minuit a sonné en Angleterre, je suis inondée de messages de bonne année. Il y a aussi un SMS de Bennie qui me serre le cœur.

Changement de programme... ma grand-mère est tombée et s'est cassé la cheville. Je pars en Tasmanie avec ma mère pour deux semaines. D'abord Tara, puis moi... je suis vraiment désolée, Honey. Je me faisais une joie de partager ces vacances avec toi. Mais je serai de retour le dernier week-end avant la rentrée. On n'aura qu'à organiser une soirée pyjama pour se raconter tous les ragots, d'accord ?
Bisous.

Sans mes amies, les vacances s'annoncent beaucoup moins drôles – surtout que Ash semble lui aussi avoir disparu de la circulation. Avec qui vais-je passer mes journées ? Le mois de janvier s'étend devant moi, telle une page blanche pleine d'occasions manquées. Je n'ai pas franchement envie de rester à la maison avec Emma, à regarder des DVD et à l'écouter se disputer avec mon père.

Aujourd'hui, ils font la grasse matinée. Quand ils émergent enfin de leur chambre, je comprends qu'ils n'iront pas plus loin que les transats du bord de la piscine. Alors je range mon matériel de dessin et pars pour la plage dans l'espoir que, cette fois, Ash sera au café. J'y suis déjà passée plusieurs fois depuis Noël ; il était toujours bondé, mais je n'ai pas vu Ash.

Mon vœu est exaucé : il est derrière le bar et prépare des smoothies en sifflotant. Lorsqu'il me voit entrer, son visage se fend d'un sourire.

— Salut, Honey ! Où étais-tu ? J'ai cru que tu m'avais abandonné !

— Les fêtes, c'est toujours un peu la folie. Je suis venue une ou deux fois, mais tu n'étais pas là.

— J'ai changé d'horaires pour les vacances. On est débordés. La patronne a même engagé des intérimaires, mais celui d'aujourd'hui nous a posé un lapin. Tu ne saurais pas te débrouiller avec un plateau, par hasard ?

— Alors là, tu ne pouvais pas mieux tomber ! Je suis la meilleure.

Après le départ de mon père, maman a transformé notre maison en *bed and breakfast*. Le week-end, mes sœurs et moi étions chargées de servir les petits-déjeuners. J'attrape un tablier, une bouteille de désinfectant et un torchon derrière le comptoir, avant de me diriger vers les tables à débarrasser. Je n'ai pas menti à

Ash : je suis plutôt douée. Je discute avec les clients, charme les vieilles dames et distrais les enfants, ce qui me vaut de jolis pourboires de la part des parents épuisés.

Je m'amuse tellement que je ne vois pas le temps passer : je nettoie, essuie, remplis le lave-vaisselle, aide à préparer les smoothies, et puis je recommence. Quand les choses se calment enfin, la relève du soir arrive. Parmi les nouveaux venus se trouve la gérante du café, une femme mince et bronzée avec des dreadlocks multicolores remontées en queue de cheval et un piercing dans le nez. Elle m'interpelle :

— Comme on est en sous-effectif, je cherche quelqu'un qui n'ait pas peur de se retrousser les manches. Je t'ai observée, tu t'en sors bien… Ça te dirait, un boulot d'été ?

Étant donné que je n'ai aucun autre projet pour les vacances, je mets moins de dix secondes à me décider :

— OK !

Moi qui voulais m'occuper, je ne pouvais pas rêver mieux. Ce poste va me donner l'occasion de rencontrer du monde tout en me faisant un peu d'argent de poche.

Ash raccroche son tablier, et nous partons faire un tour au bord de l'eau.

— On était vraiment débordés tout à l'heure. Merci pour le coup de main.

— Pas de quoi. C'était marrant. Mais du coup, tu n'es pas près de te débarrasser de moi…

— Tant mieux. On forme une bonne équipe, ça va être chouette. Alors, comment se sont passées tes fêtes de fin d'année ?

— Pas mal… même si franchement, Noël à la plage, c'est trop bizarre.

Pendant une fraction de seconde, j'hésite à lui raconter ma rencontre avec Riley et à lui avouer que, finalement, il ne m'avait pas ajoutée sur SpiderWeb. Mais je préfère oublier cette sombre histoire.

— Je ne sais pas si c'est le fait d'être séparée de ma mère et de mes sœurs, mais j'ai un peu le mal du pays en ce moment. Elles me manquent.

— Moi c'est le contraire : parfois, j'aimerais mettre de la distance entre ma famille et moi ! C'est pour ça que j'aime bien bosser au café, ça me permet de changer d'air. D'ailleurs, il est temps que je rentre garder les petits. Tu es la bienvenue, si ça te dit… je te présenterai tout le monde.

— Tu m'invites à un baby-sitting ? Sérieux ?

— Si ça peut te convaincre, je t'invite à dîner. Allez, tu verras, ma famille va te guérir de ta nostalgie. Dix minutes avec eux, et tu rêveras de vivre en ermite jusqu'à la fin de ta vie !

— Bon, d'accord !

Pendant que j'envoie un texto à Emma pour la prévenir, nous faisons demi-tour et longeons les larges avenues en direction de Willowbank. Après le lycée, les rues se font plus étroites, moins arborées. Les maisons sont plus petites, sans piscine dans le jardin ni voiture décapotable dans l'allée.

— Je t'ai déjà expliqué que j'habitais avec ma sœur, n'est-ce pas ? Mon père est reparti pour le Sri Lanka à ma naissance. Je n'ai pas eu de ses nouvelles depuis si longtemps qu'il pourrait aussi bien ne pas exister. Et maman est morte quand j'avais douze ans. Ma sœur Tilani venait de se marier, alors elle m'a pris avec elle.

J'ouvre de grands yeux. Combien de fois me suis-je plainte de ma famille éclatée, du choix impossible entre mon père et ma mère, de Paddy et Cherry que je ne supporte pas ? Ash aurait certainement préféré être à ma place.

— Oh non… c'est terrible. Je suis désolée, je ne pensais pas…

— Ça remonte à très longtemps. C'est ma vie, je fais avec. Mais voilà pourquoi je garde mes neveux dès que je peux. J'essaie de me rendre utile. Enfin, voilà, on est arrivés.

Nous sommes devant un bungalow flanqué d'un jardinet, où un arbre fatigué monte la garde sur une pile de camions, de trottinettes et de poupées abandonnés. Par les portes-fenêtres ouvertes, on entend une cacophonie de cris, de rires et de chansons masquant presque le son d'une radio. Ash s'écrie :

— Salut, les petits ! J'ai invité une amie.

J'entre dans l'arène. Deux fillettes perchées sur des chaussures à talons et drapées dans de vieux rideaux me regardent avec de grands yeux timides, pendant que leur frère, équipé d'un chapeau de cow-boy et d'un boa en plumes, vient planter son épée en bois à mes pieds.

— Mot de passe ? réclame-t-il.

Je réponds du tac au tac :

— Kangourou caramélisé.

— Ça, ça fait deux mots. La bonne réponse était juste « kangourou ».

— C'était pour voir si tu la connaissais.

Il lève son épée avec un sourire espiègle.

— Je te présente mon neveu et mes nièces, déclare Ash. Ces ravissantes princesses sont Dineshi et Sachi, et voici Ravi.

L'aînée des filles, qui doit avoir six ans, fait tourner sa robe autour d'elle.

— On joue à se déguiser. Tu veux être un dragon ou une princesse ? me demande-t-elle.

— Une princesse, évidemment, répond sa sœur en glissant une main dans la mienne. Ça se voit que c'en est une vraie !

Je sens mon cœur fondre. Les enfants ressemblent à des versions miniatures de Ash – peau couleur noisette grillée, cheveux noirs et longs cils. Difficile de ne pas craquer.

Le temps que leur mère sorte de la cuisine, Dineshi et Sachi m'ont déjà affublée d'un diadème en plastique et d'un kimono en soie. Ash galope à quatre pattes, une longue chaussette verte coincée dans sa ceinture en guise de queue. Tilani est aide-soignante, comme son mari. Elle s'apprête à partir travailler.

— Sam devrait rentrer un peu après 22 heures. Ça ira ? J'espère que tu vas supporter ces trois tornades, ma belle !

— J'ai l'habitude. Je viens d'une famille nombreuse moi aussi. On va bien s'amuser !

Effectivement, c'est le cas. Au bout d'une heure de jeu, les petits s'affalent sur de gros coussins et me questionnent au sujet de ma vie de princesse venue d'un royaume lointain. Ensuite, Ash prépare des pâtes au fromage pendant que je fabrique une tente dans le jardin en suspendant des draps au fil à linge. Blottis dessous, nous dégustons notre repas à la lueur de lampes torches. Enfin, les enfants vont se coucher après un court passage par la salle de bains. Les filles portent encore leurs diadèmes, et Ravi refuse de lâcher son épée. Ash leur lit une histoire. Ils me font promettre de revenir bientôt et de ne pas m'enfuir par-delà les océans.

— D'accord.

Lorsque Sam rentre du travail, Ash me raccompagne jusqu'à chez moi. Tandis que nous laissons derrière nous les ruelles et les maisons surpeuplées, il me prend la main. Comme si j'étais une princesse de conte de fées qui risquait de disparaître.

En fin de compte, mes vacances ne comptent pas beaucoup de fêtes ni de soirées sur la plage. Par contre, elles sont riches en princesses, en dragons, en lavage d'assiettes et en préparation de smoothies. Mon projet d'arts plastiques avance bien, mais j'ai un peu laissé tomber les maths et l'espagnol. Et surtout, je passe beaucoup de temps avec Ash, à parler et à me promener sous les étoiles. Je crois que je commence à m'attacher à lui, et ça, ça vaut toutes les fêtes du monde.

19

Tara est rentrée du mariage de sa tante, et Bennie de Tasmanie. C'est à mon tour de les inviter à la maison, pour la plus grande joie d'Emma qui me propose d'organiser une soirée barbecue au bord de la piscine, avec cocktails de fruits et toute sa collection de DVD des années quatre-vingt-dix. Papa se montre beaucoup moins enthousiaste.

— Elles sont obligées de venir ici ? Je n'ai pas beaucoup de temps libre, et j'aimerais autant ne pas avoir à supporter une bande de gamines qui gloussent !

— Il y aura seulement Tara et Bennie, mes meilleures amies ! Elles meurent d'envie de te rencontrer.

— Juste une soirée, Greg, intervient Emma. Honey n'a encore reçu personne depuis qu'elle vit ici. Elle n'en demande pas beaucoup.

— On pourrait sortir, suggère-t-il. Les laisser entre elles.

— Non, ce ne serait pas correct vis-à-vis de leurs parents. Tout ce qu'on aura à faire, c'est être présents et surveiller le barbecue. Franchement, ça ne nous dérangera pas beaucoup.

— S'il te plaît, papa…

Il soupire et m'ébouriffe les cheveux.

— Bon, OK pour cette fois. Mais à l'avenir, quand tu voudras inviter la moitié du lycée, préviens-moi à l'avance… je m'arrangerai pour être en déplacement !

Je suis contrariée qu'il ne fasse aucun effort pour mes amies, comme je l'ai été lorsqu'il a refusé de parler à mes sœurs sur Skype, à Noël. Mais le samedi après-midi, quand il reproche à Emma d'avoir oublié les ingrédients essentiels d'une soirée pyjama – à savoir de la glace et du pop-corn –, je lui saute au cou. J'ai vraiment le meilleur papa du monde.

— Je m'en occupe, lance-t-il en prenant ses clés de voiture. Je n'en ai pas pour longtemps !

Une heure plus tard, il n'est toujours pas rentré, mais je ne m'inquiète pas. Peu après l'arrivée de Tara et Bennie, Emma essaie de le joindre et fronce les sourcils : son portable est éteint. Il a dû s'arrêter pour boire un café. Ou il est passé à son bureau pour rentabiliser son expédition au supermarché.

Cela dit, ça commence à faire long.

— Ton père n'est pas là ? s'enquiert Tara.

— Il ne va pas tarder. Il est allé acheter de la glace et du pop-corn.

— C'est super sympa ! s'exclame Bennie. Le mien ne se serait jamais donné cette peine.

— Oui, hein, il est cool !

Les filles ont changé depuis la dernière fois que nous nous sommes vues. Bennie a appris à se maquiller, et avec son maillot de bain rétro, elle ressemble à Marilyn Monroe. Elle a fait la connaissance d'un garçon en Tasmanie grâce auquel elle a découvert que les baisers n'étaient pas forcément écœurants.

Étendues sur des matelas gonflables, nous dérivons à la surface de l'eau.

— J'aimerais tellement avoir une piscine moi aussi, soupire Tara. Tu as de la chance !

Je sais déjà qu'elle a correspondu par texto avec le garçon de l'arrêt de bus pendant toutes les vacances. *A priori*, il devrait lui demander de sortir avec lui à la rentrée.

— Et toi ? m'interroge Bennie en m'éclaboussant. Des histoires d'amour ? Riley t'a donné signe de vie ?

— Pas franchement.

Je n'ai encore parlé à personne de notre rencontre à la plage le jour de Noël. Bizarrement, depuis que je me suis rapprochée de Ash, cette mésaventure ne me paraît plus si grave.

— Je l'ai croisé une fois. Il m'a à peine reconnue. Il était poli, sans plus… à mon avis, la différence d'âge lui pose un vrai problème.

— Dans ce cas, pourquoi t'a-t-il ajoutée sur Spider-Web ? s'étonne Tara.

— Il ne l'a pas fait. Quand j'ai reçu l'invitation de Surfie16, j'ai supposé à tort que c'était Riley. Et ce type, dont j'ignore toujours l'identité, est entré dans mon jeu. Flippant, hein ?

— Je savais qu'il y avait un truc pas net ! s'exclame Bennie. Brrr… tu te rends compte, tu l'as invité chez toi ! Et s'il était venu ? Si ça se trouve, c'est un tueur à la hache ou je ne sais quoi !

— Mais non. Et je l'ai supprimé. J'ai compris la leçon.

Je me laisse glisser dans l'eau fraîche.

— Tu devrais le dénoncer, me conseille Tara. Il ne peut pas continuer à se faire passer pour quelqu'un d'autre sur Internet !

— C'est fini, maintenant. Il ne m'est rien arrivé. À part ça, j'ai une grande nouvelle. Je n'ai pas voulu vous l'annoncer par écrit, mais j'ai décroché un boulot d'été au café de la plage. Du coup, j'ai beaucoup vu Ash ces dernières semaines…

— Ah, ah, donc il te plaît ! J'avais raison ! se réjouit Bennie.

— Je sais, je sais. Mais ne t'emballe pas trop : pour l'instant, on se contente de se tenir la main.

— Vous ne vous êtes pas embrassés ?

Tara semble déçue.

— On y va en douceur…

En disant ces mots, je me rends compte qu'en temps normal, j'aurais été la première à vouloir accélérer les choses. Mais je n'avais encore jamais rencontré quelqu'un comme Ash. Avec les garçons, j'ai l'habitude d'être en position de force, de tout contrôler. Alors que cette fois, je suis perdue. Je suis si attachée à lui que ça me fait presque peur. Peut-être qu'en Australie, se tenir la main ne veut rien dire ? Et si je ne lui plaisais pas plus que ça ?

Les yeux fermés, je me représente son visage, ses yeux sombres, ses pommettes bien dessinées, ses cheveux noirs et lisses. Je m'imagine aussi en train de l'embrasser – ça m'arrive de plus en plus souvent.

Je plonge sous l'eau et me dirige vers les filles aussi sournoisement qu'un requin. Puis je refais brusquement surface en renversant leurs matelas et les entraîne avec moi dans un tourbillon d'éclaboussures, de rires et de cris. Le moment des confidences est passé. Ensuite, nous allons nous doucher et nous rhabiller avant d'aider Emma à préparer le barbecue.

— Je me demande où Greg est passé, marmonne celle-ci en vérifiant son téléphone pour la centième fois. Je n'y comprends rien !

— Tu veux qu'on l'attende ?

— Non, non, ce n'est pas la peine. Il a dû avoir un imprévu. Un coup de fil professionnel, sans doute.

— Un samedi ? s'étonne Tara.

— Mon père travaille beaucoup. Et en ce moment, il est sur un gros dossier, donc…

— OK, d'accord, conclut Bennie sans insister.

Je baisse la tête pour masquer ma gêne.

Tandis que le soleil se couche, nous mangeons des grillades, des brochettes de légumes et des bananes au chocolat. Personne ne se plaint de l'absence de glace ou de pop-corn. Ensuite, nous rentrons dans la cuisine où Emma a installé des carafes de jus de fruits, de sirop et de limonade pour que nous inventions nos propres cocktails. Mes amies s'entendent bien avec elle. Emma est drôle, ouverte, et pendant un instant j'ai peur qu'elles lui proposent de venir regarder le film avec nous. Mais elle s'installe sur le canapé avec un verre de vin et nous recommande de ne pas nous coucher trop tard.

— Elle est sympa, ta belle-mère, commente Bennie une fois dans ma chambre, en jouant avec le parasol en papier planté dans son verre.

— C'est vrai, mais ce n'est pas ma belle-mère. Juste la copine de mon père. En parlant de lui, je suis désolée qu'il n'ait pas été là ce soir. À tous les coups, il a dû passer au bureau et se faire embarquer dans une réunion. Il est accro au boulot. Dommage pour la glace et le pop-corn !

— Pas grave. Les cocktails, c'est encore mieux !

— Ah, les parents, soupire Tara. On ne les refera pas !

Quand papa rentre enfin, l'aube approche, et mes amies dorment depuis longtemps. J'entends chuchoter, puis Emma se met à pleurer. J'ai l'impression d'avoir vécu cette scène des dizaines de fois dans mon enfance.

Plus jeune, j'ai essayé d'oublier les disputes, les cris ; je me suis persuadée qu'il s'agissait de cauchemars, et j'ai enjolivé mes souvenirs pour que tout soit parfait. Mais aujourd'hui, la vérité me revient en bloc. Les larmes me montent aux yeux, comme il y a des années, lorsque je me blottissais en haut de l'escalier, la nuit, pour écouter. À l'époque, les colères de mon père me terrifiaient, et ça n'a pas changé.

J'allume mon ordinateur. Sur SpiderWeb, je choisis une photo récente de Ash et moi, nos visages souriants serrés l'un contre avec l'océan en arrière-plan. Je la publie sur mon mur et commente : « Les vacances, c'est génial. Dommage que ça s'arrête bientôt… »

Puis j'ouvre la section « Journal intime » et entreprends d'y noter mes pensées, pour m'occuper en attendant que mes amies se réveillent.

SpiderWeb – Journal intime de : CœurVanille
28 janvier, 4 h 20

Pendant que je veille, comme à mon habitude, mes amies dorment comme des marmottes.

Bennie ronfle un peu, et Tara porte une chemise de nuit imprimée avec des petits chats qu'elle doit avoir depuis ses sept ans. Ces filles ont un drôle de sens du style. Les lunettes de Tara lui donnent un air d'intello, et Bennie ressemble à un gros nounours. Pourtant, à Willowbank, elles sont à la pointe de la mode. Ce lycée est tellement ringard qu'ils ne vont pas tarder à ajouter des capes en peau de mouton à l'uniforme. On s'y ennuie tellement que ça me donne mal à la tête.

Sans Tara et Bennie, je n'aurais pas survécu. Je n'avais jamais rencontré des filles aussi adorables. Avec elles, j'ai l'impression d'avoir cinq ans, et c'est super. Je suis heureuse, optimiste, persuadée que le monde est beau... et vu ce que j'ai vécu ces derniers temps, c'est assez incroyable. Il y a longtemps que je n'avais pas eu de vraies amies, et c'est fou ce que ça fait du bien. Pourvu que je ne gâche pas tout...

20

Le lundi, je vais au lycée à reculons. Ça m'a coûté de devoir enfiler l'horrible robe bleue, puis de préparer mon sac avec mes livres, mes cahiers et ma trousse neuve. Le planning de révisions que j'avais affiché au-dessus de mon lit ne m'a pas beaucoup servi. J'ai arrêté de m'y tenir à peu près au moment où j'ai commencé à travailler au café. Je n'ai pas ouvert un manuel de maths depuis des semaines.

Je retrouve Tara et Bennie dans le hall, et nous assistons ensemble à une présentation interminable de Mrs Bird destinée à nous sortir de notre torpeur et à nous motiver pour l'année à venir. Comme je somnole pendant la plus grande partie du discours, je ne saurais pas dire s'il est convaincant.

Je n'ai jamais été aussi peu concentrée. J'attends avec résignation la fin de la journée, persuadée que les problèmes ne vont pas tarder. Mon image initiale de fille cool, différente, exotique a disparu depuis longtemps. Dans les couloirs, je ne croise que des regards hostiles. La photo parue sur SpiderWeb avant les vacances m'a coûté beaucoup d'amies, et contrairement à ce que j'espérais, celle où je pose avec Ash n'a pas arrangé les choses. Je ne suis pas à ma place ici. J'ai été folle d'imaginer que je pourrais m'intégrer un jour.

Pourtant, c'était sympa de faire semblant d'y croire. J'ai vraiment essayé, mais je ne suis plus certaine que ça en vaille la peine, et mes talents d'actrice ne suffiront pas lorsque les profs comprendront que je n'ai rien fait des vacances. Je ne peux même pas me raccrocher à l'idée de passer voir Ash au café ce soir : il ne travaille pas aujourd'hui, et mon contrat est terminé. En dehors des vacances, la clientèle est réduite ; ils n'ont plus besoin de moi.

Une fois à la maison, je m'assieds sous le chèvrefeuille avec mon livre de maths dans l'espoir de retrouver ma concentration d'avant Noël. Alors que je déchiffre l'énoncé du premier problème, mon téléphone sonne. Le nom de Bennie s'affiche à l'écran.

— Salut, Bennie ! Tu ne peux pas te passer de moi une demi-heure, hein ? Je suis contente que tu m'appelles, parce que je suis un peu perdue en maths... le premier exercice, c'est du chinois pour moi. Tu peux m'aider ?

Silence. Une fleur rose et blanc se pose doucement sur mon cahier.

— Bennie ? Ça va ?

Je l'entends renifler au bout de la ligne, puis elle répond :

— Tu sais très bien que non. Tu le sais parfaitement, et tu as le droit de penser ce que tu veux… je n'ai pas à me justifier. Si tu ne veux plus qu'on soit amies, tant pis pour toi.

— Quoi ? Mais qu'est-ce que tu racontes, Bennie ? Évidemment que si, je veux qu'on reste amies !

— Tu as une drôle de façon de le montrer. Tu aurais pu nous le dire en face, Honey. Tu n'étais pas obligée de nous humilier devant tout le monde. Tara est aussi dégoûtée que moi… on s'est totalement trompées sur ton compte. On t'appréciait. On te faisait *confiance*.

— Bennie ! Arrête, calme-toi, s'il te plaît… je ne comprends pas de quoi tu parles ! Il doit y avoir un malentendu…

— Oh non. Regarde ta page SpiderWeb, ça te rafraîchira la mémoire. Et adieu… contente de t'avoir connue.

— Attends ! Écoute-moi, quoi que tu aies vu…

Elle a déjà raccroché. Je me précipite dans ma chambre, ouvre mon ordinateur et me connecte à SpiderWeb. Quand je vois mon mur, je reste pétrifiée.

Quelqu'un y a posté une capture d'écran de mon journal intime. C'est un extrait de ce que j'ai écrit au petit matin le jour où mes amies ont dormi à la maison.

Bennie ronfle un peu, et Tara porte une chemise de nuit imprimée avec des petits chats qu'elle doit avoir depuis ses sept ans. Ces filles ont un drôle de sens du style. Les lunettes de Tara lui donnent un air d'intello, et Bennie ressemble à un gros nounours. Pourtant, à Willowbank, elles sont à la pointe de la mode. Ce lycée est tellement ringard qu'ils ne vont pas tarder à ajouter des capes en peau de mouton à l'uniforme. On s'y ennuie tellement que ça me donne mal à la tête.

Ce sont bien mes mots, mes pensées, mais sortis de leur contexte, ils me font passer pour quelqu'un d'ingrat et de méprisant. Ce n'était pas du tout mon intention. Au contraire, j'expliquais ensuite à quel point j'aimais mes amies, quelle que soit leur allure.

Ces notes de mon journal intime auraient dû rester privées. Comment se sont-elles retrouvées placardées sur ma page de profil ? En y regardant de plus près, je m'aperçois que je suis censée avoir publié moi-même ce statut… sauf que ce n'est pas le cas. Je n'ai pas touché à mon ordinateur depuis hier, et à l'heure de la publication, j'étais encore au lycée.

Je fais défiler les commentaires. Mes camarades de classe me traitent de sale hypocrite, de manipulatrice, de garce. Je ne peux pas leur en vouloir : à leur place, j'aurais la même impression. Qui a pu faire une chose pareille, et pourquoi ?

Je clique sur « Supprimer » et essaie d'appeler Tara et Bennie, mais elles ne répondent pas. À court de solutions, je publie un nouveau statut expliquant que ma page a été piratée. Quelques minutes plus tard, il a disparu.

Un message arrive dans ma boîte de réception. Mon corps se glace lorsque je lis le nom de Surfie16.

Alors, Honey, on se lâche ? Je sais que tes nouvelles copines sont pénibles, mais quand même, l'annoncer comme ça à tout le monde sur SpiderWeb... Tu es dure !

Je prends mon courage à deux mains.

Qui êtes-vous ? Laissez-moi tranquille ! Je vous ai supprimé il y a des semaines, alors comment pouvez-vous avoir accès à ma page ?

La réponse ne se fait pas attendre.

Tu sais qui je suis : Riley. On s'est rencontrés à la plage, tu te souviens ? Allons, au fond, tu n'as aucune envie de me supprimer. Tu flirtes avec moi depuis le début... tu es accro !

Mes mains tremblent sur le clavier.

Si, je vous ai supprimé, sale pervers. Et vous n'êtes pas Riley. Alors qui êtes-vous ?

Près d'une minute s'écoule.

Tu aimerais bien le savoir, hein ?

La journée du lendemain est une vraie torture. Je cherche Tara et Bennie en arrivant, mais elles ne sont pas dans le hall, et quand je demande si quelqu'un les a vues, on m'ignore complètement. En maths, Tara a changé de place et refuse de me parler. J'essaie de la voir à la fin du cours, mais Liane m'ordonne de dégager parce que je lui ai déjà fait assez de mal. Je passe les récrés seule dans mon coin, sous les regards mauvais des autres filles. Après manger, je repère Tara et Bennie assises à une table de pique-nique près du terrain de sport.

Elles se lèvent quand je m'approche. Désespérée, je retiens Bennie par le bras.

— Il faut que vous m'écoutiez… je peux tout vous expliquer ! Ce n'est pas moi qui ai publié ce texte, on a encore piraté mon ordinateur. Vous savez que je n'aurais jamais fait une chose pareille !

— Donc tu n'as pas écrit ces horreurs ?

— Si, mais pas dans ce sens-là ! Les phrases sont sorties de leur contexte ! Je disais aussi plein de choses positives sur vous. Ce n'était pas méchant…

— Ah non ? réplique Tara.

Elle a les yeux rouges, et je m'en veux de l'avoir mise dans un tel état.

— Le statut a été posté hier après-midi, pendant qu'on était en cours. Réfléchissez : ça ne peut pas être moi. Il faut que vous me croyiez !

Bennie secoue la tête.

— Même si tu n'avais pas accès à ton ordinateur, tu as très bien pu le faire depuis ton smartphone.

— Je vous jure que non ! Quelqu'un a pris le contrôle de mon compte SpiderWeb – combien de fois devrais-je le répéter ? Je pense que c'est ce fameux Surfie16. C'est un malade ; hier, il m'a encore écrit pour se moquer de moi !

— Tu ne l'avais pas supprimé de tes contacts ?

— Si, justement !

— La preuve que non.

La sonnerie retentit. Bennie pousse un gros soupir.

— Tu n'as vraiment pas de chance. D'abord la photo juste avant Noël, maintenant ça… Et comme par hasard, tu passes toujours pour la victime. Ma pauvre Honey, ça me fend le cœur. Désolée, mais je n'ai pas envie de discuter avec toi. Je ne sais plus qui croire.

Je les regarde s'éloigner, les larmes aux yeux. La tête haute, je me fraie un chemin dans les couloirs bondés pour aller m'enfermer dans les toilettes. Je suis complètement démunie. Mes derniers espoirs de nouveau départ viennent de tomber à l'eau. Quelqu'un se sert d'Internet pour me pourrir la vie.

À moins que j'aie rêvé ? Après deux nuits quasiment sans sommeil, je n'ai plus les idées claires. J'ai l'impression de devenir folle. Je voudrais me téléporter à des milliers de kilomètres. Je reste là un long moment, jusqu'à ce que quelqu'un essaie d'ouvrir la porte. Paniquée, je me relève d'un bond. Qu'est-ce qui m'arrive ? Je ne suis pas le genre de fille à me cacher pour pleurer. Alors je redresse les épaules, attrape mon sac et sors des toilettes d'un pas assuré. La sonnerie indiquant la fin du cours retentit. J'essuie mes larmes du revers de la main. Je dois avoir du mascara plein les joues, mais je m'en moque.

— Honey ? Tout va bien ?

Je dépasse Mrs Bird sans répondre, franchis la porte, traverse la cour et débouche dans la rue. La proviseur a beau crier de toutes ses forces dans mon dos, je ne me retourne pas.

J'envoie à un texto à mes amies.

Bennie, Tara, ce n'est pas moi. Je vous le jure.

21

Il y a du monde au café. Lola, la gérante, me laisse m'asseoir au bar alors qu'elle sait que je devrais être en cours à cette heure-ci. J'en suis déjà à mon troisième Coca lorsque Ash arrive pour prendre son service. Je suis nerveuse, surexcitée, oscillant entre le rire et les larmes. La colère et un sentiment d'injustice grondent en moi.

— Tu devrais rentrer chez toi, Honey, me conseille Lola. Repose-toi. Je vois bien que tu n'es pas dans ton assiette, mais crois-moi, ça finira par s'arranger. Ceux qui prétendent que les années de lycée sont les plus belles de la vie ont un sacré sens de l'humour.

Elle me fait la bise, suspend son tablier derrière le comptoir et tend la clé de la caisse à Ash.

— Qu'est-ce qui se passe ? me demande-t-il dès qu'elle a le dos tourné. Comment se fait-il que tu sois arrivée avant moi ? Et d'ailleurs, depuis combien de temps es-tu ici ?

— Peu importe. Dis, tu crois que je suis une mauvaise personne ? Ou folle ? D'accord, je n'aurais pas dû écrire ça, mais c'était privé, tu comprends ? Ces pensées n'étaient destinées qu'à moi !

Il fronce les sourcils.

— Honey, tu as pleuré ?

— Non. Je ne pleure jamais. Mon maquillage a dû baver à cause de la chaleur.

Il me prend la main.

— Il y a un truc qui cloche, je le vois bien. Mais je ne sais pas de quoi tu parles…

— Tant mieux !

Je m'écarte brusquement, bondis de mon tabouret et me penche vers les étagères.

— Vous n'avez pas de cidre ?

— Non. On ne vend pas d'alcool, ici.

— Ah, tu me gonfles ! Cet endroit est vraiment pourri ! Personne ne sait s'amuser, ici, ou quoi ?

— Honey, écoute-moi… dit-il en essayant de m'éloigner du bar. J'ignore ce qui t'arrive, mais clairement, il y a un problème. Tu ne veux pas rentrer chez toi, comme l'a suggéré Lola ?

Je le foudroie du regard.

— Oh mais oui, quelle bonne idée ! Ce serait beaucoup moins pénible pour toi. Ça te ferait des vacances. Tu as raison, fiche-moi dehors et referme la porte, que j'aille embêter quelqu'un d'autre avec mes histoires. Ça ne fait rien, j'ai l'habitude. C'est comme ça depuis des années…

Il n'y a plus un bruit dans le café, et tout le monde m'observe. Mais je suis trop en colère pour m'en soucier.

— Je ne te mets pas dehors ! proteste Ash, exaspéré. C'est la dernière chose que je souhaite. Si tu ne veux pas rentrer, reste ici. Assieds-toi, parle-moi…

— Qui te fait croire que j'ai envie de te parler ? je rétorque. Je ne dirai plus un mot, à personne – sinon ça va encore se retourner contre moi. Tout est fichu. Alors désolée, je ne voudrais pas t'empêcher de travailler. Si j'ai bien compris, les coupes de glace sont plus importantes à tes yeux que les amis. Va te faire voir, Ash !

Je tourne les talons et sors en courant, les mains plaquées sur les oreilles pour ne pas entendre ses appels.

Je mets une dizaine de minutes à me calmer. Quand je me retourne, le café n'est plus qu'un point minuscule au bout de la plage. Je retire rageusement de mes affreuses sandales et abandonne mes chaussettes montantes un peu plus loin, pour pouvoir marcher au bord de l'eau en donnant des coups de pied dans le sable.

J'ai toujours été une spécialiste des crises d'hystérie, façon gamine de deux ans. Maintenant que ma fureur est retombée, je me sens encore plus mal. Je suis allée voir Ash, parce qu'il était le seul capable de me comprendre ; mais au lieu de lui expliquer ce qui se passait, je lui ai hurlé dessus et lui ai renvoyé sa gentillesse au visage.

Décidément, ce n'était pas ma journée. J'ai perdu tous mes amis d'un coup.

Ce n'est pas la première fois que je fuis les difficultés au lieu de les affronter. Parfois, c'est libérateur, mais aujourd'hui ça ne me laisse qu'un arrière-goût de défaite.

Arrivée au bout de Sunset Beach, j'escalade les rochers pour rejoindre une autre crique, moins jolie, plus rocailleuse et quasiment déserte. Mon gros sac me pèse. Je jette un livre de maths par terre, puis ma trousse, mes chaussures de sport, mon dictionnaire d'espagnol, et pour finir le sac lui-même. Plus rien n'a d'importance.

Un peu plus loin, dans les dunes, un groupe de randonneurs est rassemblé autour d'un feu. Les volutes de fumée me rappellent Tanglewood. J'arrache mon foulard jaune, qui atterrit dans une flaque, puis je me dirige vers les rires et l'odeur réconfortante du feu de bois.

Quand Ash me retrouve deux heures plus tard, ma mauvaise humeur a disparu. Je suis la reine de la fête, je danse, je flirte, je fume, je bois. J'ai la gorge sèche à cause de la fumée de cigarette, et j'ai beau enchaîner les bières, impossible de me débarrasser de ce goût amer. Deux ou trois garçons sont pendus à mes lèvres ; ça me fait un bien fou. La bande se compose essentiellement d'étudiants anglais et français en année sabbatique. Ils vont bientôt reprendre la route en direction de Brisbane, de la Nouvelle-Zélande ou de la Thaïlande. J'envisage sérieusement de partir avec eux.

Quand je vois approcher Ash dans le crépuscule, l'espoir renaît en moi. Mais son visage est dur, fermé. Il m'arrache la cigarette de la bouche et l'écrase sous son talon, avant de renverser ma cannette de bière dans le sable.

— Hé ! je m'offusque. Qu'est-ce que tu fais ? Laisse-moi tranquille !

— Tu n'attends que ça, pas vrai ? Pour continuer à faire ta petite crise d'autodestruction sans être dérangée ? D'accord, tu es bouleversée, mais ce n'est pas une façon d'arranger les choses ! Quant à vous, les mecs… qu'est-ce qui vous a pris de la faire boire ? Vous êtes dingues ?

Mes nouveaux amis semblent stupéfaits.

— Ho, toi, lance l'un d'eux. C'est quoi, ton problème ? Fiche-lui la paix !

— C'est une gamine, réplique Ash. Elle a quinze ans !

— Génial. Merci, Ash. Je ne vois pas ce que mon âge vient faire là-dedans. De toute façon, c'est ma vie, ça ne te regarde pas. Dégage !

— Non. Parce que je tiens à toi, je te signale. J'étais mort d'inquiétude !

— Il n'y a vraiment pas de quoi. Changement de programme ; l'Australie, c'est fini. Je vais voyager. En Thaïlande, en Inde… pas vrai ?

Je me tourne vers les randonneurs, comptant sur leur soutien, mais ils haussent les épaules sans répondre. Un seul prend mon parti. Il espère peut-être une compensation pour la bière et les cigarettes qu'il m'a offertes, du genre baiser fougueux au clair de lune.

— Tu as entendu la demoiselle, grogne-t-il. Bas les pattes !

À la lueur du feu de camp, son visage a soudain un air sinistre et inquiétant.

— Non, c'est bon, j'interviens. Ash est un ami.

Le type lève les yeux au ciel, dégoûté.

Ash m'entraîne à l'écart, et la bulle joyeuse dans laquelle je m'étais réfugiée éclate. La réalité reprend ses droits. J'ai insulté Ash, je lui ai hurlé dessus, je l'ai humilié devant tout le café… et pourtant, à la minute où il a terminé son service, il est parti à ma recherche. C'est lui qui est dingue.

— Comment m'as-tu retrouvée ?

— Tu as laissé quelques indices…

Il brandit mon sac trempé et couvert de sable.

— Baskets, chaussettes, livres, foulard… un vrai Petit Poucet. Mais je n'ai qu'une seule de tes sandales.

— Tant mieux. Je les détestais.

— Tu es soûle ?

— Non ! Bien sûr que non ! Je n'ai bu qu'une bière !

— À t'entendre, on ne dirait pas. Et en plus, tu pues la cigarette.

Démoralisée, je m'assieds sur un rocher.

— Et tes neveux ? Tu ne devais pas les garder aujourd'hui ?

— Si, normalement. J'ai appelé ma sœur pour la prévenir que j'avais un empêchement. Elle a demandé à une voisine de venir les surveiller.

Je ne pensais pas pouvoir me sentir encore plus mal, mais cette nouvelle m'achève.

— Tu vois ? je murmure d'une toute petite voix. J'attire les problèmes… Et cette fois, c'est grave. Quelqu'un a rendu public un extrait de mon journal intime SpiderWeb. Tara et Bennie ont mal interprété les propos que je tenais à leur sujet et, depuis, elles ne m'adressent plus la parole. Plus personne ne veut de moi. Je suis nulle, affreuse, une vraie catastrophe ambulante. Je t'avais prévenu, tout ce que je touche se brise entre mes doigts.

— Pourtant tu me touches, là, souligne Ash en serrant ma main dans la sienne. Et je suis encore entier, non ? Tu m'as crié dessus, traité de tous les noms, repoussé, mais je suis là.

— Je sais. Je ne comprends pas pourquoi.

— Le truc, c'est que je te vois telle que tu es, Honey. Sous ton masque d'élève modèle, de rebelle, de dépravée ou d'hystérique. Tu en as des tonnes de différents, mais je ne suis pas dupe. Je te vois, toi. Et je te trouve courageuse, forte et adorable.

Une larme salée roule sur ma joue. Ash l'essuie d'un geste tendre, son front appuyé contre le mien. Il est si près que je sens son souffle, le frôlement de ses cils sur ma peau. Je ferme les yeux et le reste du monde s'efface tandis qu'il m'embrasse doucement. Du bout du doigt, j'effleure le contour de ses pommettes, son menton râpeux. Je voudrais rester accrochée à lui pour toujours, mais le baiser prend fin aussi brusquement qu'il a commencé.

On pourrait croire que seules les choses dures et tristes nous atteignent. C'est faux. Les belles choses aussi, parce qu'elles ont le pouvoir de faire fondre ce qu'on croyait gelé à jamais.

Le problème, c'est qu'il est trop tard.

Bennie, Tara,
Je sais que vous m'en voulez, et que je l'ai bien mérité. Je suis désolée. Vous me manquez tellement… S'il vous plaît, est-ce qu'on pourrait au moins se parler ?

22

Malheureusement, un baiser ne suffit pas à remettre de l'ordre dans ma vie.

Le lendemain matin, je me réveille comme d'habitude vers 4 heures. J'ai rêvé de Ash. Au fur et à mesure que je reprends contact avec la réalité, l'horrible journée de la veille me revient dans les moindres détails. J'allume mon ordinateur : j'ai quatre nouveaux messages sur SpiderWeb. Le cœur serré, je constate qu'ils ne viennent ni de Bennie ni de Tara, mais d'autres filles du lycée. Je me force à les lire.

Non mais c'est quoi ton PROBLÈME, Honey ? Fiche la paix à Tara et Bennie. Mieux vaut avoir des ennemies que des amies comme toi.

Puisque Willowbank est tellement nul, pourquoi tu ne rentres pas en Angleterre ? On n'a pas besoin de toi ici. La grande classe. J'ignore comment ça se passe chez toi, mais nous, en Australie, on évite de poignarder nos copains dans le dos. Tu as encore beaucoup à apprendre.

Espèce de sale garce.

Le dernier est dur à encaisser. Voilà ce qu'elles pensent de moi, derrière leurs silences et leurs regards en coin. J'ai toujours été rebelle, scandaleuse, choquante parfois. Mais on ne m'avait jamais haïe à ce point. Malgré ma mauvaise réputation, je n'avais jamais blessé personne volontairement. Avant, je lisais de l'admiration dans les yeux des autres élèves – pas du dégoût. J'ai essayé de changer, de me racheter une conduite, et ça n'a fait qu'empirer les choses. Quelle ironie !

Je ne me sens pas capable d'affronter le lycée ce matin ; je ne sais même pas si je pourrai y retourner un jour. Quand j'entends papa et Emma se lever, je les rejoins dans la cuisine, enveloppée dans mon drap.

— Je ne me sens pas bien… J'ai mal à la tête et envie de vomir. Je n'ai quasiment pas dormi.

Ça, au moins, c'est vrai.

— Les cours ont repris depuis deux jours, et tu es déjà malade ? ronchonne papa.

Emma le fait taire et pose une main sur mon front.

— Pas de température. Mais une journée de repos ne lui fera pas de mal. Retourne te coucher, Honey. Tu te sentiras mieux demain.

J'en doute. Emma promet d'appeler le lycée pour justifier mon absence pendant que je regagne mon lit. Une question tourne en boucle dans mon esprit : comment une page de mon journal intime a-t-elle pu se retrouver sur mon mur ? En me reconnectant pour essayer de comprendre, je découvre un nouveau post : la photo d'une vieille valise couverte d'étiquettes. Dessous, il est écrit :

L'Australie, c'est trop nul... ça ne va pas me manquer.

Les commentaires sont déjà nombreux.

Bon débarras !

Toi non plus, tu ne vas pas nous manquer. Surtout, ne reviens pas.

J'ai beau supprimer le statut, il réapparaît une minute plus tard comme par magie. Ça devient vraiment inquiétant. Qui pourrait me harceler ainsi ? Sûrement pas Ash ; j'ai vu son ordinateur dans son salon, c'est une vraie antiquité. Tara et Bennie non plus. Elles se sont trouvées à proximité de mon portable une ou deux fois, mais leur surprise et leur déception lorsqu'elles ont lu mon journal étaient sincères. Ce qui ne laisse qu'une seule possibilité : Surfie16.

Il n'est pas celui qu'il prétend, et il semble prendre un malin plaisir à me voir souffrir. J'inspecte à nouveau sa page de profil, sans rien découvrir. Sa photo n'a pas changé : un gros plan sur des pieds nus et le bout d'une planche de surf. Derrière, en image de fond, il y a toujours une vue d'une plage australienne. Il n'a que six amis, dont les photos de profil sont aussi impersonnelles que la sienne : cannette de bière, carte de l'Australie, planche de surf, pochette de CD d'un groupe de rock. Je reconnais certains noms car ils ont commenté ma page. Je commence à me demander s'ils ne seraient pas aussi fictifs que Surfie16.

On dirait qu'il a créé son profil dans le seul but d'accéder au mien. Je le supprime une nouvelle fois de ma liste d'amis, en prenant soin de cliquer également sur « Bloquer » pour m'assurer d'en être débarrassée.

Je passe la journée à peindre des autoportraits à la chaîne. Tous donnent l'image d'une fille épuisée, sur le point de partir à la dérive. C'est exactement ce que je ressens.

Quand Emma rentre du travail, elle me propose gentiment du paracétamol, de l'eau fraîche, des toasts beurrés ; mais rien ne peut soulager mon mal-être.

— Greg va encore travailler tard, et moi je m'apprête à partir au yoga. Il devait me récupérer à la sortie, mais si tu veux, je peux annuler et rester à la maison avec toi.

J'ouvre la bouche, prête à tout lui raconter, mais quelque chose me retient.

— Non, non, vas-y. Pas de problème.

J'aimerais tant qu'elle se retourne au dernier moment, me demande ce qui cloche, comprenne qu'il ne s'agit pas d'un simple virus. Évidemment, ça n'arrive pas.

Une fois seule, je me connecte à Internet. Une nouvelle photo extraite de mes archives est apparue sur ma page SpiderWeb. Je tire la langue face à l'appareil – c'est Coco qui l'a prise l'année dernière, pour rire. Hors contexte, elle paraît très provocante. Quant au statut qui l'accompagne, n'en parlons pas.

Je crois rêver en constatant que le premier commentaire est de Surfie16.

Bravo ! On révèle enfin son vrai visage, Honey ?

Je clique sur « Supprimer » d'une main tremblante. Comment est-ce possible ?

Soudain, quelqu'un sonne à la porte d'entrée. Une fois, deux fois. Je commence à paniquer ; ce bruit aigu a quelque chose de menaçant. Au troisième coup de sonnette, je m'écrie :

— OK, OK ! J'arrive !

Passant une main dans mes cheveux emmêlés, je me dirige vers l'entrée et entrouvre le battant. Ash se tient sur le seuil, entouré de deux princesses et d'un dragon.

Ce qu'il y a de génial avec les enfants, c'est qu'ils ne remarquent jamais qu'on porte un short et un débardeur chiffonnés couverts de miettes de pain, qu'on n'est pas coiffée, ou qu'on a les yeux rouges à force d'avoir pleuré. Ils se jettent à mon cou, puis se précipitent dans ma chambre pour faire du trampoline sur mon lit.

Un peu gênée que le garçon que j'ai embrassé hier me surprenne dans cette tenue, je me dépêche d'enfiler un peignoir et de mettre des lunettes de soleil.

— Désolé, s'excuse Ash. Je ne pouvais pas sortir sans emmener toute ma tribu. Tu viens faire un tour ?

— Je ne peux pas. Ce n'est pas la grande forme, comme tu vois.

— Moi, je te trouve canon.

Je souris, car je sais très bien que j'ai une tête à faire peur. Puis il me prend la main, et nous nous asseyons côte à côte sur le rebord de la fenêtre tandis que les enfants explorent la salle de bains, jouent avec mes guirlandes lumineuses et s'accrochent des bracelets autour des oreilles.

— Tu n'es pas allée en cours, aujourd'hui ? me demande Ash.

— J'étais malade. Un drôle de virus australien. À moins que je sois juste allergique à votre soleil ? Et j'ai perdu une sandale.

— Ça, je n'y suis pour rien ; ce n'est pas faute de l'avoir cherchée ! À l'heure qu'il est, elle doit flotter quelque part au large de la Papouasie-Nouvelle-Guinée.

— Elle ne me manquera pas !

Ses neveux nous rejoignent.

— Ta maison, c'est un palais ? m'interroge Sachi. Tu as combien de matelas ? Parce que, pour les vraies princesses, il en faut au moins dix ou vingt. Et si on met un petit pois en dessous, elles ne peuvent pas dormir. C'est comme ça qu'on les reconnaît.

Ash éclate de rire.

— Tu lui as lu trop de contes de fées !

— Maintenant que tu en parles, effectivement je ne dors pas beaucoup. Je vis la nuit, comme les chouettes, les renards, ou je ne sais quelle autre bestiole que vous avez par ici. Mais au lieu de me percher dans les arbres et de chasser les mulots, je préfère peindre en attendant le lever du soleil.

— Tu devrais t'acheter un autre matelas, me conseille Sachi. On peut se déguiser ?

Après avoir fouillé mes tiroirs et mon armoire, les filles paradent en chaussures à talons compensés, jupes multicolores et grands foulards, pendant que Ravi nous fait une démonstration de danse avec ma plus jolie culotte à pois sur la tête. Je n'aurais pas pu rêver meilleure distraction.

— Tes amies sont venues au café demander de tes nouvelles, m'informe Ash. Il paraît que tu ne réponds ni à leurs textos, ni à leurs messages sur SpiderWeb.

— Tara et Bennie ? Elles ne m'ont rien envoyé !

Pour la centième fois de la journée, je vérifie mon téléphone : en vain.

— Si, insiste Ash. Justement, elles n'étaient pas sûres que tu les aies reçus. Il paraît que quelqu'un a piraté ton profil ?

— Sérieux ? Elles me croient ?

Une étincelle d'espoir se rallume en moi.

— Elles sont très inquiètes. Et moi aussi. Si tu es harcelée sur Internet, il faut que tu en parles à quelqu'un !

— À qui ? Mon père n'est jamais là, et Emma préfère ignorer les problèmes et se persuader que sa vie est parfaite. Alors que c'est loin d'être le cas. Regarde-moi… je suis une épave. Des photos et des statuts horribles apparaissent sur mon profil sans que je puisse rien y faire. Et puis il y a tous ces commentaires de mes camarades, et même d'inconnus…

Ash se lève d'un bond, allume mon ordinateur portable et ouvre le navigateur Internet.

— Tu restes tout le temps connectée ? s'étonne-t-il en voyant s'afficher mon profil. C'est dangereux. N'importe qui peut en profiter pour pirater ton compte même à distance. Et une fois qu'ils ont accès à ton profil, ils peuvent changer les paramètres et publier ce qu'ils veulent en se faisant passer pour toi. Tara et Bennie m'ont assuré qu'elles t'avaient contactée *via* la messagerie du site. Si ça se trouve, le pirate a effacé leurs messages !

Penchée par-dessus son épaule, je me mords les lèvres.

— Effectivement, je n'ai rien reçu non plus d'Angleterre depuis plusieurs jours. Ni de ma mère ni de mes sœurs. C'est bizarre. En voyant ces horreurs sur mon mur, leur première réaction aurait dû être de m'écrire.

— Honey, c'est très grave. Je crois qu'on a affaire à un vrai pro. Il a bloqué tes amis et ta famille en plus de poster toutes ces… saletés.

Il fait défiler les photos, et je sens le rouge me monter aux joues. Comment ne pas se faire une mauvaise image de moi face à ça ?

Sous mes yeux, il les supprime à nouveau une à une avant de régler les paramètres de sécurité au maximum. Mais ça ne suffit pas à me rassurer. Je sais par expérience qu'elles reviennent toujours.

— Tu te souviens quand je t'ai dit que Riley m'avait ajoutée sur SpiderWeb ? On a pas mal chatté ensemble avant Noël, jusqu'à ce que je m'aperçoive que Surfie16, ce n'était pas lui. Je pense que ce pseudo est en réalité celui du hackeur. Je n'arrête pas de le bloquer, mais ça ne sert à rien. Oh, Ash… j'ai été vraiment naïve !

— Bon, écoute-moi. Si un malade a pris le contrôle de ton ordinateur, tu ne t'en débarrasseras pas seule. Alors parles-en à ton père. D'accord ?

Il referme le portable. Les trois enfants ont cessé leurs cavalcades et nous observent avec de grands yeux.

— Quelqu'un est méchant avec toi, Honey ? me demande Ravi. Tu veux que j'apporte mon épée la prochaine fois ?

Je parviens à esquisser un sourire.

— Ce n'est rien. Juste un idiot qui me fait une blague. Ne t'en fais pas.

Je vais chercher des biscuits au chocolat et du jus d'orange, puis nous nous installons dehors sous le chèvrefeuille. Les petits me réclament une histoire. Comme je n'ai pas de livres de contes chez mon père, j'en invente une sur une princesse qui vit dans une chambre au sommet d'une tour. Quand son prince s'enfuit avec une sorcière qui prétendait être sa sœur, la princesse coupe ses cheveux et s'envole pour un pays où les gens marchent la tête à l'envers et où rien ne ressemble à ce qu'elle avait imaginé.

— Elle n'est pas très drôle, ton histoire, proteste Dineshi. Ça finit comment ?

— Je ne sais pas encore.

— Tu veux qu'un prince vienne te sauver ? J'aurais bien aimé, mais aujourd'hui je suis un dragon. Demande à Ash, sinon !

Amusée, je lui réponds que, de nos jours, les princesses s'en sortent parfaitement sans prince, même s'il leur faut parfois du temps pour faire le tri entre les bons et les méchants.

— Les bons, c'est nous, décrète Sachi en terminant de tresser une couronne de chèvrefeuille qu'elle pose sur ma tête.

Après un long moment passé à essuyer des bouches pleines de chocolat et à ranger jupes, châles et bijoux, mes invités sont enfin prêts à rentrer chez eux. Leur visite a été le seul rayon de soleil de ma journée. J'essaie de ne pas me sentir trop abandonnée.

Ash se penche et m'embrasse pendant que les enfants ont le dos tourné. Je résiste à l'envie de m'accrocher à lui pour toujours.

— Ne laisse pas ce type gagner. Préviens ton père. Demande de l'aide. Et ensuite, supprime carrément ton profil. Ça devrait régler le problème.

Je suis soulagée d'avoir mis mes lunettes de soleil tout à l'heure. Au moins, il ne voit pas mes yeux pleins de larmes.

De : summerdance@laboîtedechocolats.com
À : Honey

Honey, je pense qu'il y a un souci avec ton profil SpiderWeb. Je n'arrête pas de t'envoyer des messages, et j'ai voulu poster une photo de la roulotte sur ton mur, mais à chaque fois j'ai une fenêtre d'avertissement qui s'affiche pour me dire que j'ai été bloquée. Ça m'étonne de ta part… Coco et Skye ont eu le même problème, alors j'ai préféré te prévenir. Tu n'as pas non plus répondu à mes textos. Peut-être es-tu juste trop occupée à faire la fête pour donner des nouvelles à tes petites sœurs ?
Bisous,
Summer

23

Demander de l'aide n'a jamais été mon point fort ; pourtant, si tout cela s'était passé en Angleterre, j'en aurais déjà parlé à maman. Mais je vais devoir me contenter de papa et Emma. Quand ils rentrent ce soir-là, je serre les pans de mon peignoir autour de moi et les rejoins dans le salon. Ce n'est pas le moment idéal ; mais je ne peux plus faire semblant. Ce harcèlement virtuel me rend folle.

— Tu te sens mieux ? me demande papa tandis qu'Emma lui sert un verre de vin. Il ne faut pas trop t'écouter, Honey. C'est une année importante pour ta scolarité.

Je prends mon courage à deux mains.

— Justement, je voulais en discuter avec vous. Je ne suis pas certaine d'être à ma place à Willowbank. C'est assez différent de ce que j'imaginais.

Papa fronce les sourcils.

— Comment ça ?

— Tu te débrouilles très bien ! me dit Emma, en me tapotant l'épaule. Tu travailles d'arrache-pied et tu t'es déjà fait des amies adorables.

— À propos de Tara et Bennie… on s'est un peu disputées.

— Ça m'arrivait tout le temps quand j'avais ton âge. Vous ne tarderez pas à vous réconcilier.

Emma est complètement à côté de la plaque. Ce que je vis n'a rien à voir avec une petite brouille au sujet d'un fard à paupières jamais rendu ou d'une tricherie lors d'un contrôle. C'est beaucoup plus grave.

— Laissez-moi parler. J'ai de gros problèmes. Quelqu'un s'amuse à publier des horreurs sur mon profil SpiderWeb, et la moitié du lycée m'insulte dans les commentaires…

Papa pose son verre d'un geste si brusque que le vin éclabousse la table en bois clair.

— Bon sang, Honey ! Tu as quinze ans, pas cinq ! Si tu n'aimes pas ce que les gens racontent sur Internet, n'y va plus. Quant aux cours, oui, c'est dur, il faudra bien t'y habituer ! On ne fait pas ce qu'on veut dans la vie. Travaille, passe tes examens, et ne te laisse pas déconcentrer par ces gamineries !

Je ravale mes larmes.

— Mais tu m'avais dit que, si je ne me plaisais pas à Willowbank, je pourrais essayer l'autre établissement. Je crois que…

— Ça suffit, maintenant ! Décidément, tu ne peux pas t'empêcher d'attirer l'attention. Ta mère a toujours été trop laxiste. Ici, ça ne fonctionne pas comme ça. On t'a offert une chance de repartir de zéro, alors ne la gaspille pas !

— Merci, papa. Contente de voir que je peux compter sur toi.

Je me précipite dans ma chambre et claque la porte sans écouter la suite. C'est pire que s'il m'avait giflée : il s'est montré très clair, il n'a pas de temps à perdre avec mes problèmes. J'ai beau l'aimer plus que n'importe qui au monde, j'en ai assez de quémander un peu d'amour en retour.

J'espérais qu'en le rejoignant en Australie, tout s'arrangerait. Je me trompais lourdement. Certes, il m'a accordé son attention pendant deux ou trois jours, ravi de retrouver sa fille après des mois de séparation. Mais l'attrait de la nouveauté n'a pas tardé à s'estomper. Je suis devenue une corvée de plus dans son planning surchargé – pénible, exigeante, aussi insupportable qu'un chien réclamant à manger sous la table. La pauvre Emma ne s'en sort pas tellement mieux. Pas besoin d'être devin pour s'apercevoir que leur couple est encore plus fragile que celui que formaient mes parents autrefois.

Aujourd'hui, j'ai de très gros ennuis, et mon père s'en moque.

Le lendemain matin, je me frotte un gant de toilette brûlant sur le front pour faire croire à Emma que j'ai de la fièvre. Papa lève à peine les yeux lorsque je me traîne jusqu'à la cuisine. Si je m'écroulais, raide morte, au pied de la table, il se plaindrait sans doute que je bouche le passage. Emma m'annonce qu'ils dînent avec des amis ce soir et rentreront tard. En cas de problème, je n'aurai qu'à les appeler.

Une fois seule, je pose un miroir sur mon bureau, prête à commencer un nouvel autoportrait. Mais il m'échappe des mains et s'écrase par terre. Sept ans de malheur. Il ne manquait plus que ça. La glace fissurée me renvoie l'image d'une fille effrayée, brisée, aux traits aussi irréguliers que les éclats du verre. C'est ce que je ressens depuis si longtemps… Je prends un crayon et reproduis cette image sur le papier, encore et encore.

J'essaie de ne pas penser à l'ordinateur qui m'attire à l'autre bout de la pièce, mais ça m'obsède.

Quand j'en ai assez de dessiner, je déballe le kit de fabrication de bijoux que maman m'a offert pour Noël. Il contient un rouleau de fil de fer assez fin pour être coupé avec des ciseaux. Lentement, je détache des morceaux de verre du miroir et les entoure de fil de fer avant de les suspendre devant la fenêtre.

Je voulais obtenir une sorte de rideau qui déformerait la réalité, l'enlaidirait. Mais c'est tout le contraire : les fragments de miroir accrochent les rayons du soleil, illuminant la pièce.

Pour finir, la tentation est trop forte : je vérifie mon profil SpiderWeb. Toutes les photos effacées la veille sont de retour. Il y en a même une nouvelle : un gros plan pris par Emma sur les marches de l'Opéra de Sydney. Pour une fois, elle n'a rien de provocant ni de méprisant. Mais elle est déchirée en deux et éclaboussée de gouttes ressemblant à du sang. Ma tête se met à tourner.

Surfie16 a déjà commenté :

Alors, ça ne se passe pas comme tu veux en Australie, Honey ? Ça y est, tu as pété les plombs ?

Les mains tremblantes, je lui envoie un message :

Qui êtes-vous ? Pourquoi faites-vous ça ?

Mon instinct ne m'a pas trompée, il est effectivement impliqué, comme le confirme sa réponse :

Tu le sauras bien assez tôt...

Je frissonne. Soudain, repensant au conseil de Ash, je me rends dans les paramètres et clique sur « Supprimer le compte ». Tout disparaît enfin, et je suis envahie par un immense soulagement. Pourquoi m'a-t-il fallu si longtemps pour en arriver là ? Je n'ai pas besoin de SpiderWeb. Ces derniers jours, j'étais une mouche piégée sur cette toile d'araignée virtuelle, attendant d'être dévorée. Maintenant, même si les conséquences vont être longues à réparer, le pirate ne peut plus m'atteindre, ni causer davantage de dégâts.

Sur la table de nuit, mon smartphone se met à biper. Je m'attends à trouver des SMS de Tara et Bennie, mais le numéro qui s'affiche m'est inconnu.

Personne ne t'aime, sale Anglaise. Personne ne t'aimera jamais.

Choquée, je le laisse tomber sur le sol au moment précis où un nouveau texto arrive.

Inquiète ? Tu devrais. Je te surveille.

Une sueur froide parcourt ma colonne vertébrale. Je me précipite vers la fenêtre qui donne sur le jardin. Il n'y a personne. Ce type essaie juste de me faire peur, et il y arrive très bien. Nouveau message.

Tu ne me crois pas ? Tu devrais. Je sais tout à ton sujet… je connais tous les secrets que tu pensais avoir laissés en Angleterre. Bientôt, tout le monde sera au courant…

La sonnerie retentit une nouvelle fois.

Connecte-toi sur SpiderWeb…

J'ai supprimé ma page, c'est terminé, le pirate ne peut plus me contacter par ce biais. Pourtant, je ne peux pas m'empêcher de lancer Internet pour vérifier.

Mon profil a réapparu… Photos dégradantes, commentaires hargneux, tout est là. J'ai envie de vomir. Je ne peux ni supprimer les posts, ni désactiver la page… je n'ai aucun moyen d'arrêter cet engrenage. À moins que…

Peu à peu, ma nausée se transforme en rage. Si seulement je pouvais revenir en arrière, rembobiner les deux derniers mois et effacer cette histoire. De l'autre côté de mon rideau en verre brisé, la piscine turquoise scintille au soleil.

Je me précipite dans le jardin, mon ordinateur et mon téléphone à la main, pieds nus sur les dalles brûlantes. Le parfum du chèvrefeuille est lourd, enivrant. Un grand geste du bras, et c'est réglé : les deux appareils s'enfoncent lentement sous l'eau. J'espérais être soulagée, mais les larmes me montent aux yeux. Ça ne va rien changer. Le pirate contrôle toujours mon compte SpiderWeb. Je suis piégée.

Accroupie au bord de la piscine, je me laisse tomber vers l'avant, tête la première, avec la vague intention de récupérer mon ordinateur. Mais il est sûrement déjà fichu. Sous la surface, tout est étrangement calme, plus lent, plus doux. Les bruits sont étouffés, et le reste du monde me paraît soudain très loin. Mes pieds touchent le carrelage bleu au fond du bassin, et je commence à remonter. Mais je m'accroche à l'escalier métallique pour prolonger ce moment en apnée, profiter encore un peu de cette paix. Ça devient une espèce de défi. Mes poumons me brûlent, des bulles d'air s'échappent de ma bouche et s'envolent vers le ciel comme un signal de détresse. Le chlore pique mes mains, couvertes de coupures à cause des éclats de miroir, mais je tiens bon, et peu à peu le noir se fait dans ma tête.

J'avale une grande gorgée d'eau, et soudain je jaillis à l'air libre et agrippe le bord, la poitrine en feu. Une fois hors de la piscine, je m'écroule sur l'herbe en tremblant, aspirant l'air à grandes goulées. Je suis encore sous le choc, incapable de comprendre ce qui vient de se passer. La honte se distille en moi comme un poison. Je reste ainsi très longtemps, jusqu'à ce que mon souffle s'apaise et que mon pyjama sèche à même ma peau. Le soleil finit par calmer mes frissons. Je prends conscience du ciel d'un bleu profond, de la lumière dorée, du parfum des fleurs. Des perruches virevoltent entre les arbres comme des éclats d'arc-en-ciel. Allongée sous le chèvrefeuille, je m'endors.

Lorsque je me réveille, je vois trois silhouettes approcher dans l'allée, dont deux en robe bleue. Tara, Bennie et Ash. Sur le coup, je ne sais pas si j'éprouve de la joie, de la tristesse ou de la gêne. Peut-être un mélange des trois.

— Salut, lance Ash. Laisse-moi deviner… tu as recommencé à te baigner tout habillée. Décidément, les Anglaises sont dingues !

Il ne croit pas si bien dire. D'ailleurs, il me regarde d'un air inquiet.

— Ce n'était pas moi, je murmure à mes deux amies. Je n'ai pas posté cet extrait de journal. Je vous le jure. Et si vous aviez lu la suite, vous auriez compris combien je tiens à vous...

— On sait, me coupe Tara. On a voulu s'excuser, mais tu ne répondais ni au téléphone ni aux messages...

— Mon portable est cassé. Mon ordinateur aussi.

Mes yeux se tournent vers la piscine.

Ash me prend la main, et ça me redonne un peu de courage.

— On est au courant pour le piratage, ajoute Bennie. En voyant les photos, on a compris que tu étais sincère. Je suis vraiment désolée d'avoir douté de toi, Honey. C'est horrible, ce qui t'arrive !

— Non, c'est moi qui suis désolée. J'avais l'impression de devenir folle, et le pire, c'est que j'ai cru vous avoir perdues. Toutes les deux, vous êtes incroyables. J'étais tellement malheureuse de savoir que vous me détestiez.

— Détester, ce n'est pas notre truc, déclare Bennie avec un grand sourire. Et puis il faudrait plus que trois lignes de journal intime pour briser notre amitié !

— Tu ne te débarrasseras pas de nous aussi facilement, renchérit Tara.

Je me jette à leur cou, et nous nous étreignons longuement, avec maladresse et beaucoup d'émotion. Puis je fais signe à Ash de nous rejoindre. Serrée contre eux, j'oublie un peu le mal-être qui me ronge.

Plus tard, après avoir pris une douche et m'être démêlé les cheveux, je leur offre un jus d'orange dans la cuisine. Ash, inquiet suite à notre conversation d'hier, est passé voir Tara et Bennie à Willowbank ce midi. Ils ont décidé de venir me voir après les cours, et Ash s'est fait remplacer au café. J'ai encore du mal à croire qu'on tienne autant à moi.

— Il faut qu'on trouve le coupable, décrète Tara. Qui peut être ce Surfie16, si ce n'est pas Riley ? Tu as des ennemis ?

— Je ne pensais pas, mais on dirait bien que si. Vous croyez que Liane serait capable d'aller jusque-là ?

— Ça m'étonnerait, répond Tara. C'est une vraie peste, mais je ne pense pas que l'idée vienne d'elle. Ça doit être quelqu'un qui a des tonnes de raisons de t'en vouloir.

— Cherry, peut-être ? suggère Bennie. La demi-sœur de l'enfer ?

Je fronce les sourcils. Je ne peux pas la supporter, mais je la vois mal écrire les horreurs apparues sur mon profil et dans ma messagerie depuis quelques jours.

— Le seul problème, c'est qu'elle se trouve à des milliers de kilomètres d'ici.

— Ça ne veut rien dire, souligne Ash. On ne doit exclure aucune possibilité. Quelqu'un a-t-il pu mettre la main sur ton mot de passe ?

Je me fige. J'utilise le même depuis que j'ai créé mon premier compte SpiderWeb à l'âge de treize ans. À Tanglewood, nos mots de passe étaient tous affichés à côté de l'ordinateur familial. Voilà qui ramène Cherry sur le devant de la scène.

— Je ne l'ai donné qu'à quelques personnes. Franchement, si j'avais la moindre idée de qui ça peut être, je vous le dirais. Je devrais peut-être poser encore une fois la question à Surfie16 ?

— Ça ne va pas la tête ! s'insurge Bennie. Et si c'était un psychopathe ? Je te rappelle qu'il connaît déjà ton adresse. Honey, j'ai la trouille. Tu as prévenu ton père ? Ou ta mère ?

— Papa n'a rien voulu entendre. Quant à ma mère, je n'ai pas envie de la mettre au courant. Elle serait malade d'inquiétude, et de toute façon elle est trop loin pour m'aider.

— Ce dont tu es victime s'appelle du cyberharcèlement, reprend Ash. À défaut de mieux, adresse-toi à la proviseur de ton lycée. Ou à la police, ou à n'importe qui, mais PARLES-EN À UN ADULTE !

Se peut-il qu'il ait raison ? Tout révéler serait le seul moyen de mettre un terme à ce qui m'arrive ? Quand je songe au mal que ce hacker a déjà causé, brisant mon masque d'assurance pour révéler la petite fille effrayée cachée au fond de moi… Je redresse les épaules.

— D'accord, j'irai voir Birdie demain à la première heure. Promis. Ensuite, je retournerai en cours la tête haute. Et si jamais Liane ou qui que ce soit ose s'en prendre à moi…

— On te défendra, me rassure Tara. Rendez-vous devant la grille. Mrs Bird est plutôt sympa, tu sais. Elle saura quoi faire. Surtout, ne laisse pas ce tordu gagner !

— D'ici là, poursuit Bennie, Tara et moi pouvons déjà dénoncer Surfie16 aux responsables de Spider-Web et signaler que ta page a été piratée. Ça prendra sans doute un ou deux jours, mais ils ne plaisantent pas avec ce genre de comportement.

— Mais oui ! je m'exclame. J'aurais dû y penser plus tôt. Merci, merci !

Longtemps après leur départ, couchée dans mon lit, je contemple les éclats de miroir sur lesquels se reflète la lueur argentée de la lune. Il fait horriblement chaud. Depuis plusieurs jours, des incendies de forêt dans la région des Blue Mountains font la une des infos. Les images montrent de gros nuages de fumée et des maisons réduites en cendres. Peu à peu, la confiance que j'avais retrouvée cet après-midi s'estompe, et je suis de nouveau assaillie par la peur. Mon téléphone et mon ordinateur ont beau être cassés, qu'est-ce qui empêche mon harceleur de continuer à propager sa haine ? Soudain, je pense au portable de papa et à la tablette d'Emma. C'est mal, je le sais, mais je ne peux pas m'en empêcher. J'ai besoin de voir de mes propres yeux, de trouver des indices, de connaître la vérité, aussi effrayante soit-elle.

Alors je me lève et me dirige sur la pointe des pieds vers le bureau de mon père.

SpiderWeb – Message de : Surfie16

Tu ne réponds plus à mes textos ? J'espère qu'il n'est rien arrivé à ton téléphone. Ce serait dommage que tu l'aies perdu, ou cassé… ou que tu aies trop peur pour l'allumer. Mais ne t'inquiète pas, Honey, je te retrouverai. Il me reste SpiderWeb. Je n'en ai pas fini avec toi.

24

Je sais que je ne devrais pas contacter Surfie16, mais c'est plus fort que moi. Je doute que les jeunes Australiens soient nombreux à traîner sur Internet à 5 heures du matin. Cela signifie peut-être qu'il se trouve dans un autre fuseau horaire.

Je rédige un nouveau message :

Assez rigolé. Dites-moi qui vous êtes.

La réponse ne se fait pas attendre.

Peut-être quelqu'un que tu connais depuis longtemps… une personne à laquelle tu n'aurais jamais pensé. En tout cas, je compte bien te détruire comme tu m'as détruit…

Ces mots suffisent à me plonger dans une grande confusion. S'agit-il d'une personne à laquelle je n'aurais jamais pensé ? Serait-ce Bennie, Tara ? Ou Ash ? Je me déconnecte et referme l'ordinateur de mon père. Me voilà de nouveau piégée dans la toile de l'araignée.

Au matin, j'ai retrouvé un peu de ma détermination. Tara et Bennie ont déjà dû signaler Surfie16 aux responsables du site, et bien que je n'aie pas du tout envie de voir Birdie inspecter mon profil cauchemardesque, lui parler reste la meilleure chose à faire. Elle pourra sûrement m'aider.

Papa et Emma sont partis de bonne heure en me promettant de rentrer tôt. Ils étaient soulagés que je retourne au lycée. Je me demande ce qu'ils feraient s'ils avaient pris la peine de m'écouter et avaient conscience de ce que je traverse. Seraient-ils inquiets pour moi ? Peut-être, si je leur en laissais l'occasion.

Mon uniforme est parfait, exception faite des Converse non réglementaires. D'un autre côté, c'est toujours mieux que de marcher à cloche-pied avec une seule sandale. J'espère que Birdie comprendra. Alors que je suis sur le point de partir, le téléphone du salon sonne. Pétrifiée, je lâche mon sac. Et si le pirate avait déniché notre numéro de fixe ?

Puis je reconnais la voix de Skye, lointaine et tremblante sur le répondeur.

— Honey, il faut absolument que je te parle. Tu ne réponds pas sur ton portable, ni à mes textos, et en plus tu nous a bloquées sur SpiderWeb. Mais là, c'est trop !

Je vais être en retard, mais tant pis ; je décroche.

— Skye ? Oh, je suis tellement contente de t'avoir !

Il y a un silence, seulement interrompu par le crépitement de la ligne. Si mes calculs sont bons, il est près de 22 heures en Angleterre. Je suis un peu étonnée que Skye m'appelle à une heure pareille, mais peu importe.

Le simple fait de l'entendre me rappelle à quel point j'ai le mal du pays.

— Contente de m'avoir ? répond-elle enfin. Qu'est-ce qui ne va pas chez toi ? Comment as-tu pu faire une chose pareille ? Être aussi cruelle ?

Une angoisse sourde m'envahit.

— De quoi tu parles ?

— Tu le sais pertinemment. J'étais triste que tu nous aies bloquées sur SpiderWeb, mais maintenant, je regrette que tu n'aies pas continué à nous ignorer. Tu es cruelle, Honey ! On ne méritait pas ça.

Je jette un coup d'œil autour de moi et repère la tablette d'Emma, posée sur le bar. Le téléphone toujours collé à l'oreille, je l'attrape et me connecte sur mon compte. Rien n'a changé depuis la veille. C'est toujours aussi choquant, mais pourquoi Skye dit-elle qu'elles ne « méritaient pas ça » ? Ça n'a aucun sens.

— Skye, je t'assure que je ne sais pas de quoi tu parles. Mais quoi que tu aies vu, sache que mon compte a été piraté. Quelqu'un s'amuse à bloquer mes amis, ma famille, et à m'envoyer des messages de menace…

Elle ne m'écoute pas.

— Arrête de mentir, Honey, c'était forcément toi. Personne d'autre n'aurait su comment nous faire autant de mal !

Je clique sur le profil de ma sœur et sursaute, horrifiée, en découvrant des scènes de guerre atroces.

Cadavres, blessures, mutilations... ça me soulève le cœur.

— Oh mon dieu... je murmure.

— Pourquoi ? répète Skye. Je ne comprends pas ! On a essayé d'effacer les photos, mais elles reviennent sans arrêt.

Le profil de Cherry est recouvert d'extraits de mangas ultra violents ; celui de Coco, d'images d'animaux victimes de cruautés. En larmes, je clique sur celui de Summer, et c'est encore pire : femmes obèses, squelettes, enfants mourant de faim. À chaque fois, j'apparais comme l'auteur de ces publications.

Qui connaît suffisamment mes sœurs pour exploiter ainsi ce qui les touche le plus ? Pas étonnant que Skye m'accuse.

— Summer est en pleine crise d'hystérie. Elle s'est enfermée dans notre chambre en disant qu'elle se déteste. Tu as tout gâché, Honey.

— Est-ce que maman est là ? Je peux lui parler ?

— Elle est partie avec Paddy à une soirée d'anniversaire à Exeter. Ils doivent dormir là-bas. Ils ne sont pas encore au courant, mais je compte bien tout leur raconter, Honey. Cette fois, tu es allée trop loin !

— Skye, écoute-moi. Quelqu'un a pris le contrôle de mon profil. Il me harcèle depuis des semaines. J'ai même supprimé mon compte, mais ça ne marche pas. Je t'en supplie, il faut me croire !

— Je suis perdue.

Si seulement je n'avais pas ce passé de menteuse insupportable et profondément égoïste… je le regrette amèrement aujourd'hui, car à cause de cela, ma sœur n'a plus confiance en moi.

— Ce n'est pas moi, je répète. Va jeter un œil à mon mur, c'est pareil…

— Je ne peux pas, je suis toujours bloquée. Tu ne me racontes pas d'histoires, Honey ?

Je repense au miroir brisé, aux fragments de verre qui scintillent à ma fenêtre, à mon ordinateur et mon portable gisant au fond de la piscine, et à ces quelques minutes hier durant lesquelles j'aurais voulu moi aussi rester sous l'eau pour toujours.

— Je te jure que non. Je croyais pouvoir me débrouiller seule, régler ça avant que ça dégénère. Je craignais que personne ne me croie. J'ai essayé d'en parler à papa, mais il était fatigué, et je me suis mal exprimée, alors il n'a pas écouté. J'ai peur, Skye. Vraiment peur.

— Tu n'y es pour rien ?

— Bien sûr que non !

— Dans ce cas, il faut qu'on signale à SpiderWeb que tu as été piratée.

J'oscille entre le rire et les larmes. Elle me croit !

— Oui, c'est aussi ce que m'ont proposé mes amies. Et vous, creusez-vous la tête. Il faut qu'on découvre le responsable, qu'on sache qui me hait au point de détruire ce que j'ai de plus cher. Ça doit être un proche, quelqu'un qui me connaît par cœur.

— Je mettrai maman au courant dès son retour. Elle saura quoi faire. On va régler ça, Honey. Promis.

— Je t'aime, petite sœur. Encore une fois, je suis désolée. Pour tout.

Je repose le téléphone, abasourdie. Skye a dit que maman rentrerait « demain matin ». C'est-à-dire dans dix ou douze heures minimum. Je ne suis pas certaine de survivre jusque-là. Comment ai-je pu penser que m'installer en Australie résoudrait mes problèmes ? Ils me collent à la peau, où que j'aille. Et quand certains disparaissent, je m'en crée de nouveaux.

Je dois avoir un don.

Mais l'heure n'est pas à l'apitoiement sur moi-même. Je suis folle de rage. Me harceler sur SpiderWeb, c'est une chose, mais personne, je dis bien personne, n'a le droit de toucher à mes sœurs. Si j'avais ce sale hackeur devant moi, je le réduirais en bouillie. Sauf que évidemment, c'est un être sournois qui préfère rester caché derrière une toile de mensonges. Un être faible, mauvais et lâche.

Je voudrais renverser les chaises, casser les assiettes, frapper du poing sur le mur jusqu'à avoir les mains en sang. Mais rien de tout cela ne me soulagera. Alors je ravale ma colère et sors en trombe de la maison. Au lieu de tourner vers le lycée, je prends la direction opposée. Celle du centre-ville. Je marche le plus vite possible pour réprimer mon envie de hurler.

Autour de moi, les gens vaquent à leurs occupations. Je me sens si loin d'eux… Tête haute, je poursuis ma route, lisant les panneaux, demandant mon chemin, avançant un pas après l'autre. Il me faut plus de quatre heures pour atteindre Circular Quay. Quand j'y arrive enfin, j'ai des ampoules aux pieds et un coup de soleil sur le nez. Je m'achète une limonade glacée avant de traverser les Jardins botaniques, refaisant en sens inverse le trajet effectué avec mon père et Emma le jour de mon arrivée. À l'époque, je pensais encore que tout irait bien.

L'Australie a beau être un pays magnifique, je n'y suis pas chez moi. Il faut que je parle à mon père, il faut qu'il m'écoute, qu'il comprenne. Je veux rentrer à Tanglewood, retrouver maman et mes sœurs – si elles veulent encore de moi. On m'avait dit que c'était ma dernière chance, mais je prie pour que ce ne soit pas le cas.

Je reconnais enfin l'immeuble du bureau où travaille papa. Je franchis les portes pivotantes d'un pas résolu et évite le regard des hommes et des femmes en tenue de travail qui m'accompagnent dans l'ascenseur. Une fois au 10e étage, je me dirige vers l'accueil et demande à voir Greg Tanberry.

La réceptionniste secoue la tête.

— Désolée, jeune fille, Mr Tanberry est sorti déjeuner. Désirez-vous prendre un rendez-vous pour la semaine prochaine ?

Je sais que j'arrive très bas sur la liste des priorités de mon père, mais je n'aurais jamais cru qu'il me faudrait un rendez-vous pour le voir. J'en ai plus qu'assez d'attendre qu'il s'aperçoive de mon existence. Je me retiens de hurler à cette femme et au monde entier qu'il ne m'a jamais accordé plus d'une ou deux heures de son temps. Ça ne servirait à rien.

À la place, je réponds, très sûre de moi :

— Justement, j'ai rendez-vous. Pour déjeuner. Avec mon père. Je pensais qu'on se retrouvait ici.

Confuse, la réceptionniste feuillette son carnet.

— Je vois… veuillez m'excuser… eh bien, je n'ai rien noté, alors peut-être vous attend-il au restaurant ? J'ai réservé une table pour lui à 13 heures à l'Orchidée Bleue.

Il est 14 heures passées lorsque je débouche pour la deuxième fois de la journée à Circular Quay. Le restaurant est un endroit luxueux avec vue sur la baie. À peine entrée, je reconnais mon père dans un coin. Il est assis à une table pour deux et me tourne le dos.

— Puis-je vous aider ? me propose un serveur en contemplant d'un air pincé mon uniforme, mes Converse et mon visage en sueur.

Je le dépasse sans répondre. Penché sur son siège, papa rit aux éclats en caressant la main d'une femme à qui il fait goûter son dessert. Bien sûr, elle est jeune – plus jeune qu'Emma. Ses lèvres sont peintes en rouge vif. Lorsqu'elle incline la tête et ébouriffe les cheveux de mon père, je vois scintiller à son oreille une boucle en argent ornée d'un rubis.

Je suis en colère pour Emma, pour maman, mais surtout pour moi. Papa n'est pas celui que je croyais. Il n'est ni cool, ni charmant, ni charismatique. C'est juste un menteur.

Sa compagne m'aperçoit. Elle paraît surprise et un peu inquiète. Mon père se retourne et rougit légèrement. Je me demande si c'est de honte ou de contrariété. Mais il se reprend vite et s'exclame avec un grand sourire :

— Honey ! Quelle bonne surprise ! Qu'est-ce qui t'amène ?

Je secoue la tête en refoulant mes larmes.

— J'ai besoin de ton aide. Il faut que je te parle, mais je vois que je tombe mal. Tu es occupé. Je vais appeler ton bureau pour prendre rendez-vous.

— Ne dis pas n'importe quoi. On discutera plus tard. Il n'y a pas le feu, si ? D'ailleurs, si je ne m'abuse, tu devrais être au lycée. Alors je te suggère de te calmer et d'y retourner. Cette dame est une cliente, mais j'aimerais autant que tu évites d'en parler à Emma. Elle a tendance à réagir de manière excessive…

— C'est marrant, parce que moi aussi. Finalement, on se ressemble pas mal, Emma et moi !

J'attrape la luxueuse nappe blanche bordée de dentelle. Et je tire d'un coup sec, envoyant valser couverts, assiettes, verres et bouteilles de condiments sur le parquet ciré.

— Bien. Enchantée de vous avoir rencontrée, mademoiselle. Je vois que vous avez récupéré votre boucle d'oreille. Salut !

Je tourne les talons et sors d'un pas digne en enjambant la porcelaine et le verre brisé.

Salut Honey,

Je t'ai attendue devant ton lycée ce matin. Au bout d'un moment, comme tu n'arrivais pas, j'ai dû aller en cours.

Tara et Bennie m'ont dit qu'elles ne t'avaient pas vue de la journée. Je suis venu vérifier que tout allait bien, mais tu n'es pas là. Je te laisse donc cette carte sous ta porte.

Je serai au café jusqu'à 18 heures. Essaie de passer si tu peux. Je suis très inquiet.

Je t'embrasse. Fais attention à toi.

Ash

25

Après être rentrée en bus, je m'empresse d'appeler maman depuis la ligne fixe. Dès que j'entends sa voix, je m'effondre. Skye lui a montré nos profils bombardés de spams et lui a tout raconté. Elle ne doute pas de moi une seconde, ne me fait aucune critique, aucun reproche. Elle m'écoute simplement vider mon sac sans un mot. Je lui décris dans les moindres détails les photos provocantes, les statuts méprisants, les messages de menace… Puis je pleure toutes les larmes de mon corps pendant qu'elle me console d'une voix douce en me répétant qu'elle m'aime.

— Je veux rentrer à la maison, maman. J'ai peur.

— Ça va aller, ma puce. Je m'en occupe. Promis. Fais tes bagages.

Quand Emma rentre du travail, j'ai presque terminé : mes affaires sont entassées au fond de ma valise.

— Honey ? Que fais-tu ? Qu'est-ce qui se passe ?

Face à son visage souriant et plein d'espoir, je me demande si elle a conscience que sa vie n'est qu'une jolie façade. Mon père détruit tout ce qu'il touche. Comme moi.

— C'est la cata. J'essaie de vous prévenir depuis des jours. Quelqu'un a piraté mon ordinateur et obtenu mon numéro de téléphone. Il me menace, me harcèle et dresse mes proches contre moi. Même mes sœurs ! Je n'en peux plus, je veux rentrer à Tanglewood… alors j'ai séché les cours et je suis allée en ville voir papa. Mais quand je suis arrivée, il était sorti déjeuner.

Je ferme les yeux pour chasser mes larmes – finalement, j'en avais encore en réserve. Puis je m'exclame :

— Oh, Emma ! Il était avec une femme… je crois que c'est sa maîtresse… je ne devrais pas t'en parler, mais je ne sais plus quoi faire !

Emma me serre dans ses bras et me caresse les cheveux un long moment, jusqu'à ce que je me calme.

— Chut, murmure-t-elle en me conduisant vers la cuisine. Ce n'est pas la fin du monde ! On va régler ça, ne t'inquiète pas. On va signaler le piratage, prévenir les autorités, identifier le coupable. Je m'en veux… je voyais que tu n'étais pas dans ton assiette, mais j'ai mis ça sur le compte de la fièvre. J'aurais dû faire plus attention à toi. Je n'ai pas été à la hauteur.

Je n'en crois pas mes oreilles : elle s'excuse encore.

— Au contraire, Emma ! C'est moi qui aurais dû te faire davantage confiance et me confier à toi. Mais… tu as entendu ce que je viens de dire ?

— Bien sûr ! répond-elle avec un entrain qui sonne faux. Si tu veux rentrer en Angleterre, il n'y a pas de problème. Tu as été très forte, mais quinze ans, c'est encore un peu jeune pour être séparée de sa mère et de ses sœurs.

— Maman s'occupe du billet. Mais ce n'est pas de ça que je te parle, Emma… tu n'as pas compris ? J'ai surpris papa avec une autre femme !

Elle me tourne le dos et s'affaire à remplir la bouilloire, puis à sortir des sachets de thé du placard.

— Un bon thé, voilà ce qu'il nous faut.

Les deux tasses à la main, elle vient s'asseoir à côté de moi.

— Je suis au courant pour ton père. Depuis un moment. Les réunions jusqu'à pas d'heure, les appels anonymes… je connais les signes.

— Comment ça ? Ce n'est pas la première fois ?

Elle laisse échapper un rire sans joie.

— Greg est comme ça. C'est un bel homme, qui aime séduire. Il a déjà eu des aventures par le passé, mais ça ne va jamais plus loin. Il m'aime ; il revient toujours vers moi. On mène une belle vie ici, on a une jolie maison, on peut s'offrir des vacances agréables. Évidemment, parfois ça me rend triste, mais à quoi bon tout gâcher pour si peu ?

Comment peut-elle supporter d'être traitée ainsi ?

— Tu sais, Honey, je n'ai pas été honnête à cent pour cent avec toi. J'ai commencé à fréquenter ton père alors qu'il était encore marié à ta mère. Je n'en suis pas fière. Mais Greg a le don d'enjôler les gens en leur donnant l'impression d'être les personnes les plus importantes de l'univers.

J'acquiesce. Je vois parfaitement de quoi elle parle. Tout le monde se dispute son attention : amis, famille, clients, même les vendeurs des magasins, les serveurs ou les mendiants dans la rue. Mais il finit toujours par se détourner de vous, et vous restez là à vous demander ce que vous avez fait de mal.

Emma a les yeux brillants de larmes.

— Ta mère n'a pas pu le supporter. Elle a préféré rompre. Quand Greg a emménagé avec moi, je savais à quoi m'attendre. Les hommes comme lui ne changent jamais ; ils enchaînent les conquêtes éphémères. Pourquoi faire un scandale à chaque fois ? Le plus simple est d'attendre que ça passe.

Elle s'essuie les paupières d'une main un peu tremblante, laissant des traces de mascara sur ses joues parfaitement poudrées. La vie luxueuse à laquelle elle tient tant me paraît soudain si factice… De toute évidence, Emma est complètement perdue et tente de se convaincre elle-même que tout va pour le mieux. Quant à mon père, ce n'est pas la première fois qu'il me déçoit – même si je ne m'y ferai jamais.

— Mais comment peux-tu lui pardonner ? je m'offusque. Ça me dépasse ! Tu dis que tu ne veux pas tout gâcher, mais tu ne vois pas que tu te raccroches à du vent ?

Elle est sur la défensive.

— Tu trouves que j'ai tort ? Que je suis stupide, faible ? Même Charlotte lui a pardonné la première fois. Elle a fermé les yeux sur l'aventure qu'il a eue juste avant moi. Bien sûr, elle ignorait à quel point c'était sérieux. Elle n'a jamais su pour le bébé…

Elle s'interrompt brusquement et porte la main à ses lèvres. Trop tard.

— Le quoi ?

Il y a un long silence, durant lequel elle réfléchit visiblement à un moyen de retirer ce qu'elle vient de dire. Mais une fois que la vérité a éclaté au grand jour, on ne peut plus l'ignorer.

Ma voix est froide, déterminée.

— Raconte-moi. Tu n'as pas le choix.

L'air coupable, Emma redresse le menton et commence son histoire.

— C'était il y a très longtemps. Tu marchais à peine, et les jumelles n'avaient même pas un an. Cette femme s'appelait Alison Cooke. Je le sais parce que je travaillais déjà pour ton père à l'époque, et que je l'ai aidé à mettre en place un dédommagement financier pour couvrir les besoins de l'enfant. Greg tenait à ce que ça reste secret ; il ne voulait pas que Charlotte soit au courant. Elle était enceinte de Coco, il me semble.

Toutes ces informations se mélangent dans ma tête.

— Et ce bébé, c'était un garçon ou une fille ?

— Je ne connais pas les détails. Je sais seulement qu'Alison vivait à Londres. Il y a deux ans, elle a voulu reprendre contact avec Greg, qui a paniqué. Il a cru qu'elle voulait davantage d'argent… c'est une des raisons pour lesquelles il a accepté ce poste en Australie. Il ne voulait pas être rattrapé par son passé.

Je suis sous le choc. En même temps, ça ne m'étonne pas de mon père : il a toujours été doué pour disparaître. Je ne me doutais simplement pas qu'il cachait tant de choses. Il m'aime certainement, mais il n'est pas à la hauteur en tant que père. Ni en tant qu'homme, d'ailleurs.

Emma pleure, craignant que papa lui en veuille de ne pas avoir tenu sa langue. C'est à mon tour de la consoler. Je ne voulais partager mon père avec personne, surtout pas avec la responsable de son divorce, mais Emma s'est montrée adorable depuis le début. Et quand je la vois lutter ainsi pour ignorer sa dernière rivale, je ne peux pas m'empêcher d'avoir pitié d'elle.

Je lui promets de garder le secret. Ça ne devrait pas être très compliqué, étant donné que je ne suis pas sûre de reparler à mon père un jour.

Je retourne à mes valises avec un poids sur le cœur. D'une certaine façon, c'est mieux de connaître la vérité que de vivre dans l'illusion.

J'ai donc un frère ou une sœur de l'âge de Coco. Peu à peu, je me fais à cette idée et me prends même à espérer. Le fait que papa ne veuille rien savoir de cet enfant ne signifie pas que mes sœurs et moi devions l'imiter.

J'ai l'impression d'avoir enfin trouvé la pièce manquante du puzzle. Il y a quelques mois, je n'avais pas assez de recul pour avoir une vue d'ensemble. Mais aujourd'hui, j'ai appris que la famille ne se résume pas à un nom de famille. Si je parvenais à localiser cette Alison Cooke, je pourrais peut-être réparer les dégâts causés par mon père.

Avec précaution, je glisse mes dessins dans le rabat de ma valise. Ces autoportraits illustrent très bien la crise que je viens de traverser. Après m'être effondrée et reconstruite je ne sais combien de fois, j'ai enfin réalisé que je ne serai plus jamais la petite fille parfaite d'autrefois, celle d'avant le départ de mon père. Car pendant tout ce temps, je me suis raccrochée à une image qui était loin de la réalité.

Il est temps de rompre ce cercle vicieux, de changer d'approche et d'entamer une nouvelle histoire. Je n'ai plus besoin de masque ; désormais, je veux m'assumer telle que je suis vraiment.

J'arrive au café de la plage au moment où Ash termine son service. Son visage s'illumine quand je cours me blottir dans ses bras.

— Où étais-tu ? J'étais mort d'inquiétude ! Tara et Bennie sont allées voir Mrs Bird sans toi. Elle a promis de mener son enquête et d'écrire à ton père.

— Je savais que je pouvais compter sur les filles.

Main dans la main, nous nous promenons un long moment dans les dunes avant de nous asseoir sur le sable, face à l'océan.

— Alors, reprend Ash, que s'est-il passé ?

— Les choses ont empiré. Les profils SpiderWeb de mes sœurs ont été bombardés de spams. Je suis allée au centre de Sydney à pied pour parler à mon père...

— À pied ? Il y a plus de vingt kilomètres !

— Mes ampoules en témoignent. J'étais en colère. Marcher m'a fait du bien. Quand je suis arrivée, ils m'ont dit qu'il me fallait un rendez-vous, mais je les ai baratinés pour savoir dans quel restaurant il déjeunait. Une fois là-bas, je l'ai découvert roucoulant avec sa maîtresse. Sympa, hein ?

— Oh, Honey...

Je serre sa main.

— J'ai appelé maman et je lui ai raconté le piratage. Ensuite, j'ai prévenu Emma que papa voyait une autre femme. Elle était bouleversée. Elle m'a confié certaines choses censées rester secrètes.

— Du genre ?

— Il paraît que j'aurais un demi-frère ou une demi-sœur en Angleterre. Rien que d'y penser, ça me fait des nœuds dans la tête. Apparemment, c'est arrivé quand j'étais toute petite. Ma mère ne l'a jamais su. Papa a payé cette femme pour se débarrasser d'elle. Il y a quelque temps, elle l'a recontacté, et c'est pour ça qu'il s'est enfui à Sydney. Un vrai père responsable, quoi.

— Presque autant que le mien. Ils sont infidèles et lâches. Dorénavant, on n'a qu'à raconter que nos pères sont des stars de cinéma. Ou des écrivains célèbres, ou des rock-stars. Qu'est-ce que tu en dis ?

J'éclate de rire. Ash choisit Johnny Depp et j'opte pour David Tennant de *Docteur Who*. Il a l'air cool, et en plus il voyage dans le temps.

— Il réglerait ça en un clin d'œil. Un coup de tournevis sonique et hop, le pirate se retrouverait propulsé à l'autre bout de l'univers. Si seulement c'était possible… Heureusement, j'ai moins peur depuis que vous êtes au courant. Maman et Paddy vont intervenir, Mrs Bird aussi, et Emma voulait alerter la police. Tara et Bennie ont signalé le problème aux responsables du site. Quant à mes sœurs, elles réfléchissent à l'identité possible du coupable.

— Après enquête, SpiderWeb devrait pouvoir te la révéler. Et si la police s'en mêle, il y aura des poursuites. À mon avis, ça doit être un vieux pervers qui est tombé sur ta page par hasard.

— Peut-être.

Au fond de moi, j'ai pourtant la certitude que Surfie16 n'est pas un étranger. Il en sait trop sur moi. Il a également deviné comment choquer mes sœurs, ce qui signifie qu'il doit connaître ma famille. Je repense à sa menace de ce matin : « Je compte bien te détruire comme tu m'as détruit. »

Pourquoi m'accuse-t-il ainsi ? Certes, je n'ai pas toujours eu une bonne réputation, mais je n'ai jamais fait de mal à personne. Du moins, pas volontairement. Soudain, je prends conscience de toutes les souffrances que j'ai causées, et je suis saisie d'un vertige. Il y a bien quelqu'un… quelqu'un que j'ai utilisé, puis jeté comme une vieille chaussette. Les choses s'éclairent petit à petit. Je frissonne. Je sais exactement qui c'est.

— Ça va ? s'inquiète Ash. Tu semblais à des milliers de kilomètres d'ici…

Je soupire. Il ne croit pas si bien dire.

— J'ai une mauvaise nouvelle à t'annoncer, Ash. Voilà : je vais rentrer en Angleterre. Maman s'occupe de me réserver un billet. Je vais sans doute partir dans très peu de temps. Tu vas beaucoup me manquer.

Il m'enveloppe de ses bras et me serre si fort que ma tristesse s'envole et que les éclats de mon passé reprennent doucement leur place. Si seulement je pouvais rester comme ça, en sécurité, pour toujours. Ash est le seul garçon qui n'ait pas peur de me tenir tête, de me prévenir quand j'exagère. Le seul que j'écoute. Il est gentil, loyal et tellement beau qu'il me fait fondre. Pourtant, je vais devoir le quitter. Ça me brise le cœur.

Nous nous embrassons longuement sous le soleil couchant. Mes lèvres ont un goût de sel, et je ne saurais dire s'il provient de mes larmes ou des siennes.

De : qantasairlines@ausnet.com
À : Honey Tanberry
Nous vous remercions pour votre commande. Vous trouverez en pièce jointe votre billet électronique et les détails de votre vol. Merci d'avoir choisi Qantas Airlines !

26

Les adieux sont difficiles. Papa et Emma m'em-
mènent déjeuner au restaurant, où nous évoquons les
bons moments passés ensemble : notre randonnée
dans les Blue Mountains, la visite de la ville, Noël sur
la plage. Vus de l'extérieur, nous devons ressembler à
une famille parfaite – mais je sais que c'est une façade.
Nous prenons soin de ne mentionner ni ma scène à
l'Orchidée Bleue, ni l'échec de mon nouveau départ,
ni l'ordinateur et le portable qui ont fini dans la piscine. Je me demande ce que ça ferait de vivre comme
ça, en évitant les sujets qui fâchent. Papa s'en accom-
mode parfaitement, mais Emma, j'en suis moins sûre.

— Ça va, princesse ? me demande mon père en
m'ébouriffant les cheveux comme si j'avais cinq ans.
On s'est plutôt amusés, non, ces derniers mois ? Ma
fille préférée et moi !

— Oui. Mais tu sais quoi ? Je n'ai plus envie d'être
une princesse. J'en ai marre d'attendre que le roi s'intéresse à moi.

Il baisse la tête vers son assiette sans répondre. Le
fait est qu'il n'est plus mon héros, et bien qu'une part

de moi le regrette un peu, au fond je suis soulagée. Je le vois désormais tel qu'il est vraiment : faible, égoïste, charmeur et destructeur – exactement comme moi il n'y a pas si longtemps. Depuis que j'ai élucidé le mystère du harceleur, j'ai pris conscience de tout cela. Je regrette que mes actes aient pu blesser quelqu'un et le faire basculer ainsi dans la cruauté. Une fois rentrée en Angleterre, je vais devoir l'affronter. Ce sera une épreuve douloureuse, mais nécessaire.

Que dire d'autre ? J'ai décidé de changer. Papa ne le fera jamais, mais tant pis. On ne choisit pas qui l'on aime. Contrairement à ce qu'il croit, mon séjour en Australie n'aura pas été inutile. J'ai beaucoup appris, et je ne parle pas seulement d'équations ou d'expériences de chimie empestant les œufs pourris. Je parle de grandir, de se faire des amis, de tomber amoureux. Rien que pour ça, ça valait la peine de traverser des océans.

Je passe mon dernier après-midi à la plage avec Tara et Bennie. Nous nous promettons de nous revoir un jour, de voyager ensemble, de manger de la pizza à minuit, de nous vernir les ongles de pied en bleu turquoise et de danser dans les vagues. D'ici là, nous nous écrirons, de vraies lettres, car il va me falloir un moment avant de refaire confiance à Internet.

Le plus dur, c'est de dire au revoir à Ash.

— Ma décision est prise, m'annonce-t-il. Dans quelques mois, dès que j'aurai fini le lycée, je viendrai passer mon année sabbatique en Angleterre. Pour être avec toi.

— Et ensuite, ce sera mon tour de revenir ici. Je m'inscrirai dans une école d'art, je louerai un studio au bord de l'eau… si ça te tente, bien sûr.

— Évidemment que ça me tente !

Il plonge la main dans la poche de son jean et en sort une minuscule pochette en papier.

— J'ai vu ça, et ça m'a fait penser à toi. C'est pour que tu ne nous oublies pas, l'Australie et moi…

— Je ne t'oublierai jamais. Impossible. Et puis on ne sera séparés que quelques mois !

À l'intérieur de la pochette, je découvre un petit kangourou en argent suspendu à un cordon. Ash l'attache autour de mon cou, effleurant ma peau du bout des doigts. Nous marchons ensuite pieds nus au bord de l'eau, sous les étoiles. Tandis que nous nous embrassons, les vagues emportent notre tristesse vers le large – au moins pendant un court instant.

Il me reste une chose à faire avant de partir. Cette nuit-là, alors que papa et Emma sont endormis, je me faufile dans le bureau de mon père et allume son ordinateur. Je ne me connecte pas à SpiderWeb. Mon compte a été gelé par l'équipe de sécurité chargée de l'enquête. À la place, je fouille le disque dur à la recherche de quelque chose, n'importe quoi, concernant son secret. Il n'y a rien. Exaspérée, je passe aux tiroirs, aux placards, aux classeurs. Sur le point d'abandonner, je repère soudain une petite mallette verrouillée. Je force la serrure à l'aide d'une épingle à cheveux, comme Kes me l'a appris un jour où l'un de ses amis avait enfermé son trousseau de clés dans sa voiture.

Le couvercle se soulève, révélant une grosse enveloppe brune. Les mains tremblantes, j'en extrais une liasse de papiers – des lettres écrites à la main et postées de Londres, ainsi que la photographie d'un enfant souriant aux grands yeux bleus et aux cheveux blonds. On dirait Coco au même âge.

Un nom est griffonné au verso : Jake Cooke, 2 ans. Mon frère.

Moins de quarante-huit heures plus tard, je descends de l'avion sous une fine pluie glacée. Maman, Paddy et mes sœurs m'attendent dans le hall des arrivées en brandissant une grande banderole « BIENVENUE », sûrement fabriquée par Coco. Je me précipite dans les bras de ma mère et reste blottie contre elle un long moment.

J'aimerais pouvoir remonter le temps jusqu'à l'époque où papa nous a quittées. Aujourd'hui, je comprends mieux ce qui s'est passé. Maman n'a jamais voulu que je souffre ; au contraire, elle s'est tue pour protéger papa, encaissant ma colère et mes reproches sans jamais cesser de m'aimer. Je suis maintenant porteuse d'un secret dont elle ignore tout, et je ne sais pas si j'aurai le courage de le lui révéler un jour. Pourtant, il le faudra bien.

J'embrasse chacune de mes sœurs tour à tour, même Cherry. Logiquement, elle était la première suspecte dans cette affaire cauchemardesque. Mais j'avais beau la détester et lui en vouloir, mon instinct me soufflait qu'elle n'était pas responsable. Je suis encore loin de lui pardonner ce qui s'est passé avec Shay, mais je ferai des efforts. Enfin, je vais essayer.

De retour à Tanglewood, nous nous affalons sur les gros canapés bleus avec des chocolats chauds ; mes sœurs me bombardent de questions auxquelles je réponds de mon mieux. Je leur parle de Tara et Bennie, ainsi que de Ash qui doit venir nous rendre visite l'été prochain ; de la gentillesse d'Emma et de la mauvaise humeur de papa ; de la façon dont j'ai arraché la nappe et renversé tout ce qui se trouvait sur la table lorsque je l'ai surpris avec sa dernière conquête.

— Pauvre Emma, commente maman.

Elle est sincère ; contrairement à moi, elle est passée à autre chose depuis longtemps. Quand je regarde la vie qu'elle s'est construite avec Paddy, je m'aperçois désormais qu'elle est beaucoup plus stable et plus heureuse que celle qu'elle menait avec papa. Du coup je ne lui en veux plus.

— Oui, pauvre Emma, je répète.

— Et pauvre toi ! intervient Coco. Harcelée par un fou furieux… et moi qui te reprochais de nous avoir bloquées sur SpiderWeb, alors que tu n'étais pas responsable ! Pourquoi ne nous as-tu rien dit ?

Je soupire.

— Au début, je croyais pouvoir m'en sortir seule. Et ensuite, ça avait pris de telles proportions que j'avais trop honte pour en parler. Surtout à vous. Il était malin, en plus… Non seulement il vous a bloquées, mais il a également effacé vos messages et tout fait pour monter mes amies contre moi. Il devait vraiment me haïr.

— Mais c'est fini, décrète maman. Il arrive que certaines personnes perdent pied et commettent des actes odieux. Maintenant, il va pouvoir se faire aider. Mieux vaut te tenir à l'écart de lui.

L'ignorer, j'en suis incapable. J'ai failli perdre pied moi aussi, et même si je comprends un peu pourquoi il s'en est pris à moi, j'ai encore beaucoup de questions à lui poser.

— Au contraire, j'aimerais le voir. Tu penses que tu peux organiser ça ?

— Tu es sûre que c'est une bonne idée ? m'interroge maman. Après le calvaire qu'il t'a fait endurer ?

Je hausse les épaules.

— Bonne idée ou pas, je dois le faire.

Un panneau « À vendre » est planté devant la maison, un joli cottage situé à l'écart du village. La pelouse bien entretenue est blanche de givre. Je suis venue contre l'avis de maman. Seule, car c'est l'unique moyen d'obtenir des réponses.

La femme qui m'ouvre me dévisage d'un air inquiet.

— On t'attendait. Entre. Il est tellement désolé… je te promets que ça ne se reproduira pas. Mais s'il te plaît, je t'en supplie, ne porte pas plainte. Charlotte et Paddy sont déjà venus nous parler. Nous savons ce qui s'est passé, et nous prenons cette histoire très au sérieux…

Elle me conduit jusqu'au salon où je reconnais une silhouette familière, assise devant l'ordinateur éteint. Anthony. Il se tourne vers moi sans parvenir à me regarder dans les yeux.

— Alors, lance-t-il au bout d'un moment, c'était comment, l'Australie ?

— Génial. Le genre d'expérience qui change la vie.

— Tu parles ! soupire Anthony.

Je serre les poings, luttant contre la colère qui monte en moi.

— Je suis plus forte que tu ne crois. J'ai mis un moment à démêler les fils, mais les indices étaient sous mon nez depuis le début. Tu es la personne la plus douée en informatique que je connaisse. Assez pour pirater le système du lycée et modifier mes notes ; assez pour prendre le contrôle de mon compte SpiderWeb, lire mon journal intime et voler mes photos. En plus, tu connaissais mon mot de passe. Je crois même que tu m'as aidée à le créer.

— Je ne suis pas si doué que ça, visiblement, puisque tu as fini par deviner que c'était moi. Je me doutais que ça arriverait. Quant aux problèmes que j'ai eus après avoir forcé la base de données du lycée, ce n'était rien à côté de ce que je risque aujourd'hui. Les administrateurs de SpiderWeb m'ont banni à vie de leurs réseaux sociaux, avec menaces de poursuites judiciaires en cas de non-respect de cette interdiction.

— Tu voudrais que je te plaigne ?

Anthony grimace.

— Non merci, je ne veux pas de ta pitié. J'en ai reçu assez pour le restant de mes jours.

Il ouvre une boîte de médicaments et en avale un avec un verre d'eau.

— Tout le monde me prend pour un fou. Le médecin m'a prescrit ces gélules, et je vois un psy.

Cette fois, c'est moi qui détourne les yeux, gênée. Anthony a toujours été très intelligent, avec un grand esprit logique ; jamais je ne l'aurais qualifié de fou. Il m'aidait en maths et me jetait de temps en temps un regard de chien battu. Je pensais que ça n'irait pas plus loin.

— Pourquoi as-tu fait ça ? je murmure.

— Pourquoi ? Tu n'en as vraiment aucune idée ? Tous les jours, tu racontais ta vie de rêve à Sydney, encore plus belle et plus facile que celle que tu menais auparavant. Et moi j'étais coincé ici, exclu du lycée, avec mes parents qui m'adressaient à peine la parole. À ton avis, qu'est-ce que je ressentais ?

Je repense à ces premières semaines à Sydney, quand je choisissais soigneusement mes photos pour donner l'impression que je m'amusais. N'est-ce pas ce que tout le monde fait sur SpiderWeb ?

— Quand j'ai vu que tu avais créé un nouveau profil, poursuit Anthony, je me suis douté que tu ne m'accepterais jamais comme ami. Alors je me suis inventé une fausse identité. Lorsque j'étais Surfie16, je te plaisais. Tu flirtais avec moi, tu m'appréciais. Je sais que c'était virtuel, que tu me prenais pour un autre. Mais j'y ai presque cru. Jusqu'à ce que tu gâches tout en me parlant de ton amoureux transi, le « pauvre type » qui t'avait fait renvoyer du lycée. Il avait sacrifié sa vie pour toi, et tu t'en moquais.

— Ce n'est pas ce que je voulais dire !

Malgré mes protestations, il n'a pas complètement tort. À l'époque, j'étais encore la fille de mon père, trop préoccupée par ma petite personne pour me soucier des conséquences de mes actes. Anthony a payé le prix fort.

— Je crois que la goutte d'eau, ça a été la photo de toi avec ton nouveau petit copain. Tu semblais si heureuse, si insouciante. J'ai voulu te blesser, faire éclater ta bulle, dresser tes amis et ta famille contre toi. Tu avais détruit ma vie, alors c'était à mon tour de détruire la tienne.

— Je n'ai jamais eu besoin d'aide pour ça. Si tu veux la vérité, l'Australie n'était pas aussi géniale que je le laissais entendre. Mon père est un menteur, ma mère et mes sœurs me manquaient atrocement, et les cours, c'était l'horreur. Et puis quelqu'un a entrepris de me harceler, et c'est devenu encore pire. Alors franchement, merci beaucoup, Anthony ! Moi qui te prenais pour un ami…

Il sourit – un sourire froid et victorieux. À cet instant, je vois qui il est vraiment. Un adolescent perdu, rongé par la rancune, qui a basculé du côté de la folie. Ça me fait froid dans le dos.

— On n'a jamais été amis ! réplique-t-il. Tu m'as toujours traité comme un moins que rien. Je me suis vengé, point.

Sa mère nous apporte du thé et des biscuits sur un plateau, et la fureur d'Anthony retombe aussi vite qu'elle est apparue. Une tasse à la main, j'écoute cette femme m'expliquer qu'ils partent s'installer dans le nord. Quand Anthony ira mieux, ils l'aideront à reprendre sa scolarité, à se bâtir un avenir.

— Mais pour ça, il ne faut pas que tu portes plainte, ajoute-t-elle. Il ne le supporterait pas. Nous nous assurerons que ça ne se reproduise pas. Il n'aura pas accès à Internet, ni même à l'ordinateur.

Elle me montre le câble de l'écran qu'Anthony contemple d'un regard vide. Il a été coupé.

J'ai du mal à le considérer comme un monstre. Du mal à imaginer qu'il m'en ait voulu à ce point, que l'amitié ait pu se transformer en haine. Mais c'est ce qui s'est passé, et j'en suis en partie responsable. Je me suis servie de lui. J'ai vu que je lui plaisais, alors je l'ai attiré dans mes filets et je l'ai manipulé comme une marionnette. Mon égoïsme a eu des conséquences désastreuses.

— Je suis désolée, Anthony. De t'avoir blessé et utilisé. Je ne m'en suis pas rendu compte à l'époque. Je ne comprenais pas, je n'avais pas la moindre idée de ce que tu pouvais ressentir.

Il hausse les épaules sans répondre, les yeux toujours rivés sur son écran.

Lorsque sa mère me raccompagne à la porte, je devine des reproches et de l'amertume derrière son sourire poli. J'aimerais tellement pouvoir les effacer.

Dans l'atmosphère chaleureuse de Tanglewood, la vie reprend son cours, semblable et différente à la fois. Coco a grandi ; elle monte régulièrement Coconut et travaille au centre équestre pour payer ses leçons. Skye s'est prise de passion pour les bandeaux à plumes, et Summer est plus amoureuse que jamais depuis que Tommy l'a emmenée voir un ballet pour son anniversaire.

Les chocolats de Paddy occupent désormais les rayonnages d'une chaîne nationale de grands magasins ; la presse en parle beaucoup, louant cette petite société qui a su mêler commerce équitable et gourmandise. Paddy n'est pas mon père et il ne le sera jamais, mais j'ai cessé de le lui reprocher. Le plus important, c'est qu'il rende maman heureuse. Il nous reste encore un long chemin à parcourir, mais je fais des efforts. Oui, même avec Cherry. C'est un bon début.

Mes espoirs de vacances prolongées s'écroulent lorsque maman me conduit dans une école privée de la ville voisine, qui accepte de m'intégrer en cours d'année pour préparer mes examens. Je ne tarde donc pas à reprendre un rythme de travail très intensif. Ash serait fier de moi.

J'ai reparlé du divorce avec maman. Elle m'a expliqué qu'elle avait préféré nous cacher les nombreuses infidélités de notre père, passant sous silence ses absences répétées, son égoïsme, ses crises de colère et les disputes interminables qui se déroulaient quand nous étions au lit.

— Ça ne regardait que nous deux, ajoute-t-elle. Greg est loin d'être parfait, mais il vous aime. Plus que n'importe qui. Ne l'oublie jamais.

Dommage qu'il ne le montre pas davantage.

Il y a quelques jours, j'ai retrouvé le petit diadème en plastique de mon ancien déguisement de princesse. Je l'ai jeté à la poubelle. Il me rappelait trop de mauvais souvenirs. Je crois que je suis enfin prête à avancer. Je devrais peut-être remercier mon père et Anthony pour ce qu'ils m'ont fait endurer, parce que j'y ai survécu et que ça m'a rendue plus forte. J'ai hâte d'embarquer pour la suite du voyage, en espérant qu'il soit un peu moins mouvementé.

Alors, comment faire pour repartir de zéro ? Il faut tout bousculer, secouer la neige, et attendre qu'elle retombe. Nous sommes maintenant au mois de mars, et voilà justement que de gros flocons tourbillonnent au-dessus de Tanglewood. La tempête ne dure pas ; bientôt, le paysage est d'un blanc aussi parfait que dans la boule que j'ai reçue pour Noël. Je sais que c'est temporaire, mais peu importe. Je ne suis plus en quête de perfection. Ce que je veux, c'est la réalité, car entre les difficultés, les douleurs et les déceptions se cachent des moments de pur bonheur qui à eux seuls valent la peine.

Blottie sur le rebord de ma fenêtre, dans ma chambre perchée au sommet de la tourelle, je lis une lettre de Ash. Ses mots rédigés à la main m'évoquent une image de lui si vivace que j'ai l'impression de pouvoir le sentir, le toucher. Je pense à ce garçon aux yeux bruns assis au soleil de l'autre côté du monde, et je sais déjà qu'un jour, nous nous retrouverons. Et que ce moment sera parfait.

Reposant le courrier, j'attrape du papier et un stylo. Depuis mon retour, j'écris régulièrement à Ash, à Bennie et à Tara. Mais aujourd'hui, c'est une autre lettre, encore plus importante, qui m'attend. Les sourcils froncés, je contemple la page blanche.

Quoi dire ? Par où commencer ? Je me suis mal comportée pendant si longtemps. J'ai blessé mes proches et causé presque autant de dommages que mon père. Pourtant, il y a une personne qui ignore encore tout de mon passé. Si je veux reprendre le contrôle de ma vie et me racheter, le moment est venu de tendre la main à mon frère, de lui dire qu'il n'est pas seul. J'ai appris beaucoup de choses sur la famille récemment, et bien que le risque soit énorme, je suis quasiment sûre que maman, Paddy et mes sœurs comprendront les raisons de mon acte.

Alors je prends une grande inspiration, et je me lance :

Cher Jake…

Cherry Costello

Timide, sage, toujours à l'écart.
Elle a parfois du mal à distinguer le rêve
de la réalité.
14 ans

Née à : Glasgow
Mère : Kiko
Père : Paddy

Allure : petite, mince, la peau café au lait,
les cheveux raides et noirs avec une frange,
elle a souvent deux petits chignons.

Style : jeans moulants de toutes les couleurs,
tee-shirts à motifs japonais.

Aime : rêver, les histoires, les fleurs de cerisier,
le soda, les roulottes.

Trésors : kimono, ombrelle, éventail japonais,
une photo de sa mère.

Rêve : faire partie d'une famille.

Coco Tanberry

Chipie, sympa et pleine d'énergie.
Elle adore l'aventure et la nature.
12 ans

Née à : Kitnor

Mère : Charlotte

Père : Greg

Allure : cheveux blonds et bouclés, coupés au carré et toujours en broussaille, yeux bleus, taches de rousseur, grand sourire.

Style : garçon manqué, jeans, tee-shirts, elle est toujours débraillée et mal coiffée.

Aime : les animaux, grimper aux arbres, se baigner dans la mer.

Trésors : Fred le chien et les canards.

Rêve : avoir un lama, un âne et un perroquet.

Skye Tanberry

**Avenante, excentrique, indépendante
et pleine d'imagination.
13 ans
Sœur jumelle de Summer**

Née à : Kitnor
Mère : Charlotte
Père : Greg

Allure : cheveux blonds jusqu'aux épaules,
yeux bleus, grand sourire.

Style : chapeaux et robes chinés dans des
friperies.

Aime : l'histoire, l'astrologie, rêver et dessiner.

Trésors : sa collection de robes vintage et un
fossile trouvé sur la plage.

Rêve : voyager dans le temps pour voir à quoi
ressemblait vraiment le passé…

Summer Tanberry

Calme, sûre d'elle, jolie et populaire.
Elle prend la danse très au sérieux.
13 ans
Sœur jumelle de Skye

Née à : Kitnor

Mère : Charlotte

Père : Greg

Allure : longs cheveux blonds tressés ou relevés en chignon de danseuse, yeux bleus, gracieuse.

Style : tout ce qui est rose… Tenues de danseuse et vêtements à la mode, elle est toujours très soignée.

Aime : la danse, surtout la danse classique.

Trésors : ses pointes et ses tutus.

Rêve : devenir danseuse étoile, puis monter sa propre école.

Honey Tanberry

Lunatique, égoïste, souvent triste…
Elle adore les drames, mais elle sait aussi
se montrer intelligente, charmante,
organisée et très douce.
15 ans

Née à : Londres
Mère : Charlotte
Père : Greg

Allure : longs cheveux blonds ondulés, yeux bleus, peau laiteuse, grande et mince.

Style : branché, robes imprimées, sandales, shorts et tee-shirts.

Aime : dessiner, peindre, la mode, la musique…

Trésors : son carnet à dessin et sa chambre en haut de la tour.

Rêve : devenir peintre, actrice ou créatrice de mode.

Les
recettes au
chocolat

Mug cake choco-vanille

Il te faut :

3 cuillères à soupe de chocolat en poudre • 2,5 cuillères à soupe de farine • 2,5 cuillères à soupe de sucre en poudre • ¼ de cuillère à café de levure • 1 œuf • 2 cuillères à soupe de lait • 2 cuillères à soupe d'huile • 1 cuillère à soupe d'arôme de vanille • du sucre glace

1. Dépose la farine, la levure, le chocolat et le sucre en poudre dans ton mug favori.

2. Ajoutes-y l'œuf, le lait, l'huile et la vanille.

3. Mélange à la fourchette jusqu'à ce que la mixture devienne lisse.

4. Mets ton mug au micro-ondes pendant une minute et demie. Attention, surveille que la pâte ne déborde pas de ta tasse pendant la cuisson !

5. Pendant que ton mug cake tiédit, découpe dans du papier cuisson la forme de ton choix (un cœur, une étoile…).

6. Dépose la forme sur le haut du mug cake et saupoudre de sucre glace.

7. Retire le papier cuisson tout doucement, pour faire apparaître la forme.

Milkshake à la vanille

Il te faut :
15 cl de lait froid • 1,5 cuillère d'extrait de vanille (ou 1 cuillère de sirop de vanille) • 3 boules de glace à la vanille

1. Mélange le lait et les boules de vanille.

2. Ajoute l'extrait de vanille.

3. Mélange bien !

Le petit plus : décore ton milkshake avec de la chantilly, des bonbons, des Smarties, des copeaux de chocolat… Laisse libre cours à ton imagination !

Smoothie Honey

Il te faut :
300 g de fraises • 200 ml de lait froid (ou un yaourt nature si tu aimes les smoothies bien épais) • 1 cuillère à café de miel • 2 cuillères à café d'extrait de vanille • 1 ou 2 glaçons

1. Découpe les fraises et place-les dans un mixeur avec le lait froid (ou le yaourt), le miel et la vanille.

2. Pour que ton smoothie soit encore plus frais, ajoute quelques glaçons.

3. Mixe jusqu'à l'obtention d'un liquide épais.

Gâteau roulé

Il te faut :
4 œufs • 100 g de sucre • 120 g de farine • 2 cuillères à café de levure chimique • 2 cuillères à soupe de lait • de la pâte à tartiner au chocolat ou de la confiture • 1 cuillère à café de vanille

1. Mélange bien les œufs et le sucre.

2. Ajoute la farine, la vanille, la levure et le lait. Mets le tout dans un plat carré ou rectangulaire, que tu auras d'abord beurré.

3. Fais cuire pendant 10 minutes à 220 °C.

4. Étends du papier cuisson et saupoudre-le de sucre glace.

5. Démoule le gâteau dessus.

6. Nappe le gâteau de pâte à tartiner (ou de confiture), puis roule-le immédiatement.

Riz au lait à la vanille

Il te faut :
120 g de riz rond • 1 sachet de sucre vanillé • 1 l de lait entier • 80 g de sucre

1. Fais chauffer le lait jusqu'à ébullition.

2. Verse le riz rond et mélange bien.

3. Laisse cuire à feu doux pendant 15 minutes.

4. Ajoute le sucre vanillé et le sucre blanc.

5. Continue de remuer encore 15 minutes.

6. Verse le dessert dans des pots et laisse-les refroidir au réfrigérateur.

❀ **Dans une équipe de tournage, tu préférerais être...**

1. l'actrice principale.
2. la scénariste.
3. la costumière.
4. la maquilleuse.
5. la dresseuse d'animaux.

❀ **C'est vendredi soir ! Tu...**

1. pars faire la fête jusqu'au lundi matin !
2. t'isoles en compagnie d'un bon livre.
3. te tricotes une nouvelle écharpe.
4. vois tes meilleures amies.
5. observes les étoiles au télescope.

❀ **Les chaussures de tes rêves, c'est...**

1. des escarpins dernier cri.
2. des sabots japonais.
3. des bottines vintage.
4. des super baskets.
5. des bottes d'équitation.

❀ **La fête que tu attends avec le plus d'impatience...**

1. le 14 Juillet, pour aller au bal.
2. Noël.

3. Halloween.
4. la fête de la Musique.
5. ton anniversaire.

❀ **Si tu étais une super-héroïne, ton super-pouvoir serait...**
1. l'invulnérabilité.
2. la force de ton imagination.
3. de voyager dans le temps.
4. d'entendre les pensées des autres.
5. de parler toutes les langues du monde.

❀ **Tu repères quelqu'un qui te plaît, tu...**
1. vas directement lui parler.
2. rougis et deviens très maladroite.
3. imagines toutes les aventures que vous pourriez vivre ensemble.
4. lui souris.
5. cherches à savoir qui c'est.

❀ **Pour un premier rendez-vous, tu irais...**
1. dans une fête démentielle.
2. sur la plage, pour observer le coucher du soleil.
3. dans une soirée déguisée.
4. voir un film.
5. à la fête foraine.

❀ ❀ ❀ ❀ ❀ ❀ ❀ ❀ ❀ ❀ ❀ ❀ ❀ ❀ ❀ ❀ ❀ ❀

❁ **Tu as obtenu un maximum de 1 : Honey**

Tu es à l'affût des dernières tendances et cultives ton look branché. Tu fais parfois l'effet d'un ouragan à ton entourage qui ne sait pas toujours comment s'y prendre avec toi… Pourtant, tu aimes te sentir entourée.

❁ **Tu as obtenu un maximum de 2 : Cherry**

Tu aimes les histoires, celles que tu lis mais aussi celles que tu inventes. Romantique, tu aimes les endroits qui attisent ta créativité et tu rêves de longues promenades au bras de ton amoureux…

❁ **Tu as obtenu un maximum de 3 : Skye**

Originale, romanesque, créative et très curieuse, tu aimes lire, te déguiser, fouiller, te documenter… N'aurais-tu pas une âme de détective ?

❁ **Tu as obtenu un maximum de 4 : Summer**

Déterminée, passionnée et sensible, tu es prête à tout pour aller au bout de tes rêves… ce qui ne t'empêche pas d'adorer les sorties entre copines !

❁ **Tu as obtenu un maximum de 5 : Coco**

Rien ne t'amuse plus qu'enfiler des bottes en caoutchouc et sauter dans les flaques d'eau en criant. Après tout, pourquoi s'en priver ? Pour toi, il faut profiter de la vie, tout en protégeant son environnement ; tu es une vraie graine d'écologiste !

Découvrez toute la série

les filles au chocolat

Tome 1
Cœur cerise

Découvrez la rêveuse **Cherry**, qui s'installe chez la compagne de son père ! À peine arrivée, la jeune fille craque bien malgré elle pour Shay, le petit copain d'une de ses « demi-sœurs ». Comment pourra-t-elle choisir entre sa nouvelle famille – elle qui a longtemps souffert de la solitude – et le charme irrésistible de Shay ?

Tome 2 Cœur guimauve

Plongez dans l'univers extravagant de **Skye** ! Même si elle est pleine de charme et possède un petit grain de folie tout à fait craquant, Skye ne peut s'empêcher de se trouver nulle à côté de sa sœur jumelle, Summer. Comment sortir de l'ombre tout en restant soi-même ?

Tome 3 Cœur mandarine

Vibrez avec **Summer**, qui rêve de devenir danseuse ! Sélectionnée pour les examens d'entrée à une prestigieuse école de danse, la pression monte terriblement pour la jeune fille… mais personne dans son entourage ne réalise à quel point elle a besoin d'aide. Personne, sauf son ami Tommy. Summer ira-t-elle au bout de son rêve ?

Tome 3 ½

Cœur salé

Enfin l'histoire du garçon au chocolat !

Glissez-vous dans la peau de **Shay** ! Beau, sensible et excellent musicien, Shay file le parfait amour avec Cherry. Mais quand Honey, son ex, lui demande de l'aide, il n'a pas le cœur de la repousser… Comment ne pas perdre Cherry alors que les malentendus s'enchaînent ?

Tome 4 Cœur Coco

Suivez l'irrésistible **Coco** ! Sa passion : la nature et les animaux. Son problème : personne ne la prend jamais au sérieux. C'est pourquoi, quand son poney préféré est vendu à un propriétaire inquiétant, Coco ne peut compter que sur elle-même pour le sauver. Mais est-elle vraiment si seule ?

Cet ouvrage a été composé par
Fr&co - 61290 Longny-au-Perche

Cet ouvrage a été imprimé
en Espagne par
Liberdúplex
Sant Llorenç d'Hortons (Barcelone)

Dépôt légal : juin 2016.
Suite du premier tirage : septembre 2017.

12, avenue d'Italie – 75627 PARIS Cedex 13